KB050380

리벤지 화이트

REVENGE
HUNTING 7 완결

초판 1쇄 인쇄일 2015년 11월 25일 ㅣ **초판 1쇄 발행일** 2015년 11월 27일

지은이 목마 ㅣ **펴낸이** 곽중열 ㅣ **담당편집 팀장** 이범수
편집부 신연제 이윤아 김호성 김은경

펴낸곳 (주)조은세상 ㅣ **출판등록** 제 2002-23호
주소 경기도 연천군 미산면 청정로 1355
TEL 편집부 02)587-2966 ㅣ FAX 02)587-2922
e-mail bukdu@comics21c.co.kr

ⓒ목마 2015
ISBN 979-11-5832-364-6 ㅣ ISBN 979-11-5832-135-2(set) ㅣ 값 8,000원

※잘못 만들어진 책은 바꿔 드립니다.
※저자와의 협의에 의해 인지는 생략합니다.

REVENGE
HUNTING

리벤지 헌팅

목마 현대 판타지 장편소설

NEO MODERN FANTASY STORY & ADVENTURE

7

완 결

북
두

(주)좋은세상

CONTENTS

NEO MODERN FANTASY STORY & ADVANTURE

REVENGE
HUNTING

REVENGE

1. 악몽

HUNTING

NEO MODERN FANTASY STORY & ADVANTURE

REVENGE HUNTING

1. 악몽

대답을 기대하고 뱉은 말은 아니다. 단지 갈피를 못 잡고 미쳐 날뛰는 감정이 입술 바깥으로 튀어나왔을 뿐이다. 땅에 쓰러진 시헌과 우현의 눈이 잠깐 마주쳤다. 시헌의 눈동자는 울먹이고 있었고, 우현은 아무런 말도 하지 않았다.

흑기사가 몸을 일으키려 할 때에, 우현의 검이 그를 덮쳤다. 만약 그에게 표정이 있었더라면, 흑기사는 우현의 공격에 정색을 했을 것이다. 간신히 몸을 뒤로 빼어 공격을 피해낸다.

놓치지 않고 뒤를 쫓는다. 망설임도 주저도 없다. 그냥 저 새끼를 죽여 버리겠다고 마음먹었을 뿐이다. 크게 뻗은 발이 거리를 확하고 좁혔다. 옆으로 뉘인 검이 횡으로 크게 휘둘러졌다.

카각!

갑옷이 조금 긁힌다. 크게 빨라지거나 강해진 것이 아니야. 그럼에도 쉽게 접근하거나 반격하기가 어렵다. 스멀거리며 올라오는 것은 너무 확실한 살의. 흑기사는 땅에 나뒹구는 검을 발로 튕겨 위로 날렸다. 그것을 허공에서 낚아채고, 흑기사는 긴장을 담아 우현을 노려보았다.

그리고 다시.

서로의 검이 부딪혔다. 흑기사의 검이 위로 튀어 올랐다. 흑기사는 지쳤고, 우현은 전력이었다. 그런 차이다. 흑기사의 발이 뒤로 끌렸다. 조금 거리를 두었고, 우현은 허리를 비틀었다.

근육이 비명을 질렀다. 무시했다. 콰직! 흑기사의 몸이 휘청거렸다. 땅에 박아 넣으면서까지 방어에 집중했지만, 겨우 두 번 부딪힌 것으로 검이 박살났다.

'피해가…'

섬뜩한 위기감. 잡생각은 없다. 저 새끼를 죽여 버리겠다고, 죽이고 싶다는 것에만 집중했다. 심장이 쿵쾅거리면서 뛰고 정신은 폭주하는 것처럼 날뛰었다.

검을 놓은 흑기사는 거리를 벌리는 대신에 역으로 달

려들었다. 굳이 검을 휘두를 필요도 없다. 맨손 격투로도 인간의 몸뚱이따위는 우습게 찢고 박살낼 수 있다. 꽉 쥔 주먹이 우현의 복부로 날아왔다.

느려.

흑기사의 주먹이 허공을 뚫고, 우현의 몸이 옆으로 돌았다. 크게 들어올린 검이 내리 찍혔다. 칼날이 아닌 칼자루. 거리가 나오지 않는다면 그 거리에 맞는 공격을 선택할 수밖에. 내리찍은 칼자루는 흡사 망치와 같았다. 공격을 받아 낸 흑기사의 견갑이 으스러졌다. 우현은 흔들리는 놈의 투구를 노려보면서 어깨를 세워 흑기사의 몸을 밀쳐냈다.

"새끼, 정신 나가서는…!"

세르게이가 욕설을 뱉으며 가속했다. 놈이 저렇게까지 흥분한 것은 처음 본다. 그리고 흥분은 방심을 낳지. 우현은 옆에 붙은 세르게이를 힐끗 보았다.

"로테이션."

우현이 내뱉었다. 그 말에 세르게이의 눈썹이 씰룩거렸다.

"둘이서?"

어처구니없다는 얼굴로 세르게이가 되물었다.

"지금 여기서 너 말고 나 쫓아올 수 있는 사람이 없어."

"…하, 새끼."

세르게이가 실없는 웃음을 흘렸다. 둘이서 감당하자고? 미친 새끼가. 아무리 놈이 지쳤다고 해도 근접전 특화의 소형 네임드 몬스터를 둘이서 감당하자니.

"더는 안 돼."

우현의 얼굴이 일그러졌다. 어중간하게 덤볐다가는 무의미하게 죽어나갈 뿐이야. 그러니까, 이쪽이 무리해서라도.

너무 무리하지 마요.

민아의 목소리가 스쳤다. 어쩔 수 없잖아. 내가 해야 하니까. 어차피 한 번 죽었어. 죽었는데, 다시 살아난 거야.

왜 네가 나 대신에 죽어버린 거야?

"내가 먼저."

호흡을 맞춘다. 즉각적으로 맞추는 로테이션은 서로의 타이밍을 강제로 맞춘다. 누군가가 빠질 타이밍에 다른 누군가는 공격으로 들어간다.

우현이 세르게이를 선택한 이유는 간단했다. 세르게이의 호흡은 우현의 호흡과 가장 가깝다. 애초에 그도 스위치를 사용할 수 있으니까.

선하와 시헌, 민아에게 스위치를 쓰는 법을 알려 주기는 했지만, 스위치는 고급 기술이다. 시간이 흐른 덕에 제법 익숙해지기는 했어도 셋은 우현과 호흡을 맞출 정도로 스위치에 숙달되지는 못했다. 굳이 말하자면 그 중에서 우현의 호흡을 따라 올 수 있는 것은 민아 정도였다.

하지만 그녀는.

"아아아!"

고함은 절규와 같았다. 독을 삼킨 것처럼 가슴이 타들어갔다. 호흡이 턱 끝까지 차올랐다. 전력을 다해 휘두른 검이 공간을 베어냈다. 흑기사의 오른 팔이 허공으로 솟구쳤다. 양 팔이 잘렸다.

거기서 한 걸음 더, 아니, 뒤로. 기다렸다는 듯이 세르게이가 튀어나간다. 양 손에 쥐고 있던 검이 빙글 돈다. 흑기사는 비틀거리던 다리에 힘을 주었다.

휘두른 발끝이 세르게이의 턱으로 날아왔다. 세르게이는 반사적으로 허리를 뒤로 젖혔다. 칼날처럼 예리한 발차기였지만 닿지 않는다.

거기서 한 걸음 더. 젖혔던 몸을 튕긴다. 두 개의 칼날이 가위처럼 흑기사의 몸을 베어냈다. 크게 베인 흉갑의 안쪽에서 시커먼 어둠이 흘러나왔다. 흑기사의 눈이 흔들렸다.

왜?

이해할 수가 없었다. 왜 이렇게 저항하는 것일까. 멸

망은 그분의 뜻이다. 왜 그를 받아들이지 않지? 만들어진 존재라면 창조주의 뜻에 따르는 것이 당연하지 않은가. 어린 아이가 모래성을 만들었다면 그 모래성을 부수는 것은 어린 아이의 의지다. 부서지는 모래성은 비명도 발악도 하지 않는다. 해서는 안 된다.

"그런데, 왜."

고작해야 만들어진 너희가 왜 그 뜻에 반하는 것이냐. 살아 아무 도움도 안 되는 쓰레기들. 더럽고 어지럽히고 서로 물고 싸우고 다투고, 스스로의 목을 조르는 버러지들. 멸망은 애초부터 예정되어 있던 일이다. 왜 그를 거역하는가.

'아.'

거칠게 밀어 붙이는 검이 흑기사의 가슴을 꿰뚫었다. 시커먼 어둠이 핏물처럼 뿜어졌다. 지르는 고함에 제 귀가 먹먹해진다. 아픈 손으로 칼자루를 꽉 쥐고 그대로 밀어 붙인다. 비틀거리며 물러서는 흑기사의 몸이 뒤로 밀려난다. 흑기사는 눈을 부릅뜨고 우현의 얼굴을 노려보았다.

그 눈동자 안에서 일렁거리는 빛을 보았다. 시커멓게 들끓는 빛. 그것은 숨길 수 없는 괴물의 빛이었다. 흑기사는 뒤늦게 깨달았다.

너, 파괴자여. 그곳에 둥지를 틀었구나.

"…하."

자신도 모르게 웃음이 나왔다. 가슴에 박힌 검이 비틀어졌다. 흑기사의 몸을 채운 안개가 빠르게 빠져나갔다. 흑기사의 다리에 힘이 풀렸다. 우현은 빠득 이를 갈면서 손목에 힘을 주었다.

콰드득!

갑옷을 찢고서 검이 휘둘러졌다. 흑기사의 몸이 크게 휘청거리며 옆으로 쓰러졌다. 우현은 숨을 몰아쉬면서 몇 걸음 뒤로 물러섰다. 벌어진 갑옷의 틈 사이에서는 계속해서 안개가 흘러나왔다.

"…하아… 하아…."

우현은 입을 틀어막고 거친 숨을 흘렸다. 토할 것 같아. 육체가 몇 번이나 제동을 걸어왔다. 더 이상 움직이면 버티지 못한다고. 그를 무시하고 움직였고, 그 대가는 천천히 밀려왔다. 몸이 젖은 솜처럼 무겁다. 관절이 욱신거렸고 심장이 터질 것 같았다.

"그렇군."

땅에 쓰러진 흑기사가 중얼거렸다. 그는 멍한 눈으로 허공을 올려 보았다. 실패했는가. 그는 마지막 수문장이었으나 문을 지키지 못했다. 흑기사는 어떻게든 몸을 일으키기 위해 몸에 힘을 주었다. 하지만 양 팔이 없었기에 쓰러진 몸을 지탱할 수가 없었다.

"너희는… 자신을 낳은 어미를 죽일 수 있느냐."

어떻게든 일어서려 버둥거리면서, 흑기사가 물었다. 우현은 대답하지 않고 비틀거리며 흑기사에게 다가갔다.

"여태까지 너희가 해오고, 너희가 하려는 것이. 그 어미를 죽이는 일이다."

흑기사가 내뱉었다. 우현은 흑기사를 내려 보았다. 투구 안쪽의 푸른 안광은 꺼질 듯이 시들어가고 있었다.

"그 분은 너희를 만들고, 이 세상을 만들었다. 너희의 아비이고 어미란 말이다. 그런데…."

우현은 대답하지 않았다. 그저 칙칙하게 죽은 눈으로 흑기사를 내려보기만 했다. 흑기사는 그런 우현을 올려보았다. 우현의 눈동자 안에서 웃고 있는 괴물을 노려보았다.

"너희를 만든 분에게 반하는 것도 모자라, 너희는 그 분에게 직접 칼을 세우는 구나. 지금이라도 늦지 않았다. 아직은… 아직은 아니야."

흑기사의 말이 잠깐 멈췄다.

"네 목에 스스로 칼을 박아 넣어라. 목이 아니라도 좋다. 가슴이라도 상관없어. 스스로 죽어라. 그것이 옳은 일이다. 너희는 해충이다. 해충은…."

"…말 다 했냐?"

우현이 물었다.

콰직!

검이 떨어졌다. 흑기사의 몸이 크게 들썩거렸다.

"…해충은 박멸해야 해."

다시 검이 떨어졌다. 망치를 내리 찍는 것처럼. 그 과
정 속에서 흑기사는 계속해서 내뱉었다. 창조주의 위대
함. 이 세계. 그곳에서 살아가는 인간. 너무 많은 인간.
인간은 세상을 썩게 만든다. 너무 많으니까. 인간의 욕
심은 끝이 없고 결국 모든 것을 먹어치울 것이라는 말.
사소한 다툼, 전쟁, 멸망.

어느 정도는 맞는 말이라고 생각했다. 핵폭탄 몇 발이
면 이 세상을 박살낼 수 있을 테니까. 인간은 그 정도의
힘을 쌓아 올렸다. 한정된 자원. 아, 그리고 보니 미래의
식량으로 벌레가 주목받고 있다는… 그런 이야기를 들
은 것 같기도 해.

"무슨 상관이야."

"…는… 어…."

완전히 짓뭉개진 투구에서 새어나오는 말은 더 이상
언어라 할 수 없었다.

"…해충이니, 뭐니."

우현이 중얼거렸다.

"네게 죽은 사람은 해충이 아니야."

박광호는.

"…사람이었어."

박희연은.

"낳은 어미를 죽일 수 있냐고?"

민아는.

"개소리 지껄이지 마."

여태까지 죽은 모두는.

"날 낳은 어머니는 집에 계시니까."

갑옷이 완전히 박살났다. 우현은 헐떡거리며 손에 쥔 검을 놓았다. 그는 후들거리며 떨리는 손을 뻗어, 흑기사의 갑옷 안쪽으로 쑤셔 박았다. 묵직한 무언가가 손에 잡혔다. 뽑아 낸 그것은 마석이었다. 우현은 그것을 보며 허탈한 웃음을 흘렸다.

"…되는 대로 지껄이더니… 너도 그냥… 몬스터잖아."

그냥 괴물이야.

우현은 몸을 돌렸다. 손에 쥐고 있던 마석은 누구와 상의하지 않고 그냥 먹어 치웠다. 거대한 힘이 몸 안을 채우는 것이 느껴졌고, 우현의 몸이 크게 들썩거렸다. 끈적거리는 오물 속으로 몸을 던진 기분이었다. 잠깐 동안 폭주한 능력이 시키면 안개를 만들어냈다. 흘러나온 안개가 주변으로 뻗어지고, 죽은 시체를 더듬었다.

붉은 구체가 떠올랐다.

"…모르겠어."

우현은 손으로 얼굴을 감쌌다. 신이니, 해충이니. 대체 뭐냐고. 판데모니엄은 대체 뭐야? 헌터는? 몬스터는?

변하는 건 아무 것도 없어.

소곤거리는 목소리. 머릿속에서 울리는 말. 너, 파괴자여. 그곳에 둥지를 틀었구나. 우현은 머리카락을 쥐어뜯었다.

여태까지와 똑같아.

몬스터를 쓰러트리고, 던전을 공략하고. 그러면 다음 던전이 열리잖아.

이번에도 똑같아. 던전 발할라는 공략되었고, 보스 몬스터인 흑기사가 쓰러졌을 뿐.

그러니까, 다음 던전으로 가.

떠오른 구체가 우현에게로 흘러 들어왔다. 우현은 비틀거리며 발을 뻗었다.

"…시체 수습해."

우현이 작은 목소리로 중얼거렸다.

"자, 잠깐…!"

등 뒤에서 선하가 큰 소리를 내며 우현을 붙잡으려 들었다.

"…피곤해서 그래."

어깨를 잡은 선하의 손을 밀어 내면서 우현이 중얼거렸다. 그 말에 선하는 뭐라 말을 이으려 입술을 뻐끔거리다가, 결국 아무런 말도 하지 못하고 입을 다물었다. 우현은 떨어트린 검을 아공간 안으로 쑤셔 넣었다.

게이트를 빠져 나오고, 우현은 옆을 보았다.

새로운 게이트.

〈라그나뢰크〉

신들의 황혼. 신들의 운명. 신들의 몰락. 북유럽 신화다. 그 신화가 어떻게 되었더라. 우현은 지끈거리는 머리를 손으로 부여잡았다. 소곤거리는 이명. 낄낄거리는 웃음소리. 너 파괴자여, 그곳에 둥지를 틀었구나. 흑기사가 소곤거렸던 말이 귓가를 떠나지 않았다.

자신의 몸이 자신의 것이 아닌 것처럼 느껴졌다. 흑기사를 쓰러트리기 직전. 우현은 순간이나마 자신을 초월했다. 그때의 우현은 우현이 아니었다. 그렇다면 뭐였지? 그 감각, 내 몸이 미쳐 날뛰는. 무엇이든 할 수 있고 무엇이든 부술 수 있을 것 같은 파괴자의 감각.

"…너는…."

아니, 나는.

"뭐지?"

머릿속에 울리던 목소리가 멈췄다. 위화감은 쭉 느끼고 있었다. 우현은 멍한 눈으로 하늘을 올려 보았다. 회색의 하늘. 판데모니엄의 하늘. 폐허 도시와 던전. 몬스터. 네임드 몬스터. 괴물. 분기점과, 그들이 말하던 창조주. 시크릿 던전. 그리고 데루가 마키나.

　또, 나.

　'이제 곧.'

　얇은 웃음소리가 들렸다. 누구의 웃음인지 알고 있었다. 쭉 외면하고 있었을 뿐. 우현은 비틀거리며 뒤로 물러섰다. 일렁거리는 게이트, 라그나뢰크의 문은 입을 쩍벌린 지옥의 입구처럼 보였다. 속이 울렁거렸고 구역질이 솟구쳤다. 우현은 손으로 입을 틀어막았다.

　생각해보면.

　처음, 우현의 몸에 깃들었을 때. 자신이 호정이라는 사실을 알았을 때부터 위화감은 있었다. 만약 우현이 호정이 된 것이라면, 우현은 어디로 간 것일까. 방 구석 폐인. 방을 나가지 않고, 방 안에 틀어박혀 홀로 게임만 하던 그는 어떻게 된 것일까.

　단순히 인격이 뒤섞였다고 생각했다. 우현이 호정이되면서, 우현의 인격이 호정과 합해졌다고. 그렇게 만들어진 것이 지금의 나. 결국 그는 우현도 호정도 아닌 존재가 된다.

납득했다. 납득할 수밖에 없었다. 그렇게 생각하지 않고서는 자신의 존재에 대해 정의를 내릴 수가 없었다. 자위성이 짙은 납득이었다.

'기억의 소실.'

모든 것이 애매했어. 호정으로서의 기억. 전투 경험과 굵직한 몇 가지를 제외한다면 호정의 기억은 완전하지 않았다.

게다가 가장 중요한 기억은 텅 비었어. 판데모니엄의 마지막 던전이 몇 번이었는지. 그것 뿐만이 아니야. 우현은 호정으로서의 기억을 떠올려 보았다. 그는 헌터였다 SS급의 헌터. 주 포지션은 딜러. 주로 쓰던 무기는 대검. 독창적인 기술로는 스위치. 대형 길드 퍼레이드의 핵심 멤버였고, 그곳에서는 부 길드 장.

헌터로서의 기억은 또렷하게 남아있다. 헌터인 우현은 뛰어났지만 최고는 아니었고, 최고였던 남자에게 열등감을 품고 있었다. 그 열등감을 바탕으로 노력했고, 발악했고. 끝내 그 남자를 넘지는 못했으나, 이 세계에 와서는 그를 뛰어넘었다.

헌터로서의 우현은 그랬다. 그렇다면, 헌터가 아닌 우현은? 헌터가 되기 전에는 무엇을 했지? 가족은? 없었던 것 같다. 나는 고아였어.

정말로?

드문드문 끊어진 정보를 종합하고, 그렇게 내린 결론일 뿐. 가족에 대한 기억이 없기에 고아였다고 생각할 뿐. 헌터가 되고 나서 어떻게 살았는지는 비교적 명확하게 기억하는데, 그 이전의 기억이 없어.

왜?

필요 없으니까.

대답이 속삭였다. 지금의 우현에게, 아니, 그때의 우현에게 필요한 것은 단순한 전투 기술이었다. 헌터로서 싸우는 법. 던전에서 길을 찾고, 노숙하고, 몬스터와 싸우고, 스위치, 움직이고, 휘두르고, 피하고. 헌터로서 싸우는 기억만이 필요했다.

나머지는 필요 없다. 오히려 그 기억은 혼란이다. 24년을 살아온 정우현의 기억은 얇고 옅다. 호정의 삶이 정우현에게 스며든다면 인격이 부딪히고 결국 붕괴할 뿐. 그래서 버렸다. 헌터로서의 기억만이 주입되었다.

'나는.'

김호정은 죽었다. 이곳에 있는 것은 정우현이다. 인격이 뒤섞인 것이 아니야. 머릿속에 스며 든 기억은 각성제였고 계기였을 뿐. 그것을 바탕으로 정우현이 자신을 가두고 있던 방문을 열고 밖으로 나온 것뿐이다.

그렇게, 지금의 정우현이 만들어졌다. 정우현의 인격을 바탕으로 헌터인 김호정의 기억이 덧칠해져서. 그것이 전부다. 영혼이 뒤섞였다거나, 인격이 합해졌다거나. 그런 것이 아니다. 단순히 기억의 일부를 주입받은 것이 전부.

열등감의 덩어리. 그런 주제에 자존심이 강해. 남에게 비웃음을 듣고 싶지 않아. 그래서 노력했지. 스위치를 만들었고, 그것을 아득바득 몸에 때려 박았어. 새로 던전이 열리면 남몰래 먼저 들어가, 몬스터와 싸웠지. 나중에 레이드를 할 때에 실수하고 싶지 않아서.

탱커를 하지 않았어. 부담됐으니까. 나는 나 스스로가 부족하다는 것을 누구보다 가장 잘 알고 있었어. 파티의 목숨을 책임지는 탱커가 싫었어. NO.1에 ONLY ONE, 말은 멋지지. 실수 한 번에 목숨이 몇 개는 날아가는데.

그래서 딜러가 되었다. 흔해빠진 존재가 되고 싶었으니까. 부담을 갖고 싶지 않아서. 김호정은 그런 인간이었고,

정우현도 크게 다르지 않았다. 열등감의 덩어리. 자존심도 제법 셌지. 밖으로 나오지 않은 것은 일종의 방어기재였어. 나가지 않는다면 그 작은 방에서는 나뿐이야. 내가 NO1에 ONLY ONE이었지.

그게 뒤섞였다. 열등감과 열등감이 만났고, 자존심과 자존심이 만났다. 거기에 하나 더. 나는 특별하다, 다른 세계에서 왔다, 나만이 유일하게 멸망에 대해서 알고 있다.

나만이 멸망을 막을 수 있다.

그런 영웅심에 흠뻑 취해버렸지.

다리에 힘이 풀려 그 자리에 주저앉았다. 결국은 방에 틀어박힌 정우현이 나야. 다른 세계에서 온 것도 아니야. 김호정은 죽었어. 나는 김호정이 아니야. 그냥 정우현이지. 손을 들어 머리를 감싸 쥐었다. 나 스스로 특별하다는 영웅심에 취해서. 무리하고, 멋대로 하고. 나로 인해 몇 명이나 죽었지? 박광호가 죽었어. 박희연이 죽었어. 민아가 죽었어. 그리고 많은 사람들이 죽었어.

조금 더 신중했어야 했다. 흑기사를 만났을 때, 조금 더 빨리 도망쳤어야 했어. 흑기사가 틈을 보였을 때 욕심을 내지 말았어야 했어. 스스로 용사라도 된 것이라고 생각했나? 내가 주인공이라고 생각했어? 하긴, 다른 세계에서 왔다. 나만이 미래를 알고 있다. 그런 생각을 가지고 있으니 주인공에 용사라고 생각할 수도 있지.

네 그런 오만이 누군가의 목을 졸랐다.

정신이 멍해졌다. 멀어지는 의식 속에서 누군가가 자신을 부르는 소리를 들었다. 선하의 목소리였다. 주변의 소란, 어깨를 잡는 손. 흔들고, 뺨을 때리고. 아프잖아.

정말 미안한데, 제발. 아주 잠깐만… 나를 내버려 둬.

조금 쉬어야겠어.

꿈을 꾸었다.

꿈 속에서, 그는 헌터였다. 황혼빛에 젖은 하늘과, 거대한 괴물이 보였다. 〈데루가 마키나〉라는 이름이 보였다. 꿈 속의 그는 투구를 눌러 쓰고 있었고, 묵직한 검을 양 손으로 받쳐 들고 있었다. 헉헉거리며 내뱉는 호흡에 이 가쁘고, 심장이 쿵쾅거리며 뛰었다. 축축한 식은땀. 원초적인 공포. 누군가가 외쳤다. 공격하라고. 그 외침을 신호로 발악처럼 고함을 터트렸다. 그리고 달려들었다.

잠깐, 거기서.

스톱.

흐릿한 의식 너머, 앞이 잘 보이지 않았다. 키득거리는 웃음소리가 노래처럼 울릴 뿐. 뿌옇게 젖은 시야 너머로 다가오는 발소리. 머리에 올라오는 손. 불쾌한 기분. 뇌 표면 위로 벌레가 기어 다니는 것 같은.

"네 기억이 마음에 들어."

그 말이 멀어진다. 작은 방, 퀴퀴한 냄새. 불은 꺼지고, 모니터는 창백한 빛을 발한다. 그 앞에 앉은 남자의 눈동자는 혼탁한 빛으로 젖어 있다. 마우스를 딸각거리는 소리. 머리에 눌러 쓴 헤드셋에서는 쿵쾅거리는 비트. 제대로 알아 들을 수 없을 정도의 빠른 가사가 심장 박동을 빠르게 한다.

중얼거리는 말에 의미는 없다. 그냥 욕. 개새끼가, 씨발… 아오! 키보드를 내리 치는 손. 우현은 조금 떨어진 곳에서 남자를 멍한 눈으로 바라보았다.

"무슨 기분이야?"

"한심해."

우현이 대답했다. 뒤를 돌아보니 그곳에는 민아가 서 있었다. 아니, 민아가 아니야. 우현은 손을 들어 자신의 얼굴을 감쌌다.

"…대답해 줘."

작은 목소리.

"…너는, 신인가?"

REVENGE

2. 진실

HUNTING

NEO MODERN FANTASY STORY & ADVANTURE

REVENGE HUNTING

2. 진실

　데루가 마키나는 대답하지 않았다. 그냥, 입술을 씰룩
거리면서. 당장이라도 웃음을 터트릴 것 같은 얼굴로 우
현을 바라볼 뿐이었다. 그녀의 어깨가 조금 들썩거렸다.

　"내가 신이라고 생각 해?"

　"…사람이 하지 못하는 일을 하니까."

　"이해를 넘어선 존재라면 신인가. 인간다운 질문이야.
그래… 만약 내가 신이라면?"

　"죽은 자를 살려 줘."

　"이 여자를?"

　우현이 머리를 끄덕거렸다. 그 대답에 데루가 마키나
가 깔깔 웃었다.

"너에게는 다른 여자가 있잖아. 그런데도 이 여자를 살려달라고 말하는 거야?"

데루가 마키나가 비꼬는 말을 했지만 우현은 대답하지 않았다. 데루가 마키나는 자신을 보는 우현의 시커먼 눈을 마주 보면서 입꼬리를 올렸다.

"불가능해."

"왜?"

"나는 신이 아니니까."

데루가 마키나가 선언했다. 그리 낙담하거나 절망하지는 않았다. 그럴 것이라고 생각했으니까. 라스 프라다가 말했었다. 데루가 마키나는 파괴자라고. 그리고 흑기사도 데루가 마키나를 파괴자라고 칭했다. 그녀는 이해의 범주를 벗어난 존재지만, 신은 아니다.

그것은 이곳에 있는 우현의 존재가 증명하고 있었다. 호정은… 죽었다. 다른 세계에서 죽어버렸다. 이곳에 있는 것은 단순한 정우현. 우현은 몸을 돌렸다. 의자에 구부정한 자세로 앉아 키보드를 두들기는 남자. 과거의 정우현이었다.

"최면?"

"그런 저급한 장난질과 비교하지 마. 기억을 주입했을 뿐이야."

"헌터의 기억을?"

"인간으로서의 기억은 필요 없어. 적당히 좋은 시너지가 발생할 것이라고 생각했지. 그리고 정답이었고. 실제로 너는 자기 자신을 한심하게 여겼잖아? 거기에서 열등감. 불어넣은 기억은 자신을 특별하다고 여기게 만들었고… 이전까지의 자신이 한심하다 여기는 열등감이 더해져서."

데루가 마키나가 양 손을 활짝 폈다.

"짜잔. 지금의 정우현이 만들어졌지. 어때?"

"…너는 신이 아니야. 그렇다면, 너는 대체 뭐지?"

우현은 데루가 마키나의 말에 대답하지 않는 대신에, 그녀를 노려 보면서 물었다. 그 물음에 데루가 마키나의 입꼬리가 올라갔다.

"파괴자."

조금의 망설임도 없는 대답이었다.

"무엇을 파괴하겠다는 것이지?"

"이 세상 전부."

흑기사가 했던 말이 머리를 스쳤다. 인간은 해충이라던 그 말.

"인간을, 문명을. 이 세계 전체를 파괴하는 거야. 그리고 새로 시작하는 거지. 지저분한 도화지를 찢어버리고, 새로운 도화지를 두고. 그 위에 무엇을 그릴까?"

쿡쿡거리는 웃음소리.

"일단 지우고 나서 생각해야지."

"…지운다. 무엇을…?"

우현은 작은 목소리로 물었다. 굳이 물을 필요도 없이, 데루가 마키나가 무어라 대답을 할 것인지 알고 있었지만. 그럼에도 물을 수밖에 없었다. 우현은 주먹이 가늘게 떨리는 것을 느꼈다.

"전부."

민아의 얼굴을 하고서 낄낄거리는 데루가 마키나의 얼굴에 주먹을 휘두르고 싶다는 충동을 느꼈다.

"인간과, 인간이 쌓아 올린 문명. 이 세계 전부. 그것을 깔끔하게 지우는 거야. 그 뒤에는… 처음으로 돌아가는 거지. 이 세상이 처음 있었을 적으로."

"진화론?"

"창조론이든, 진화론이든. 어느 쪽이든."

데루가 마키나가 활짝 웃으며 말했다. 이 세상이 처음 있었을 때, 신이 인간을 창조했다. 창조론으로 보면 그렇다. 진화론으로 따지면 아메바가 물고기가 되고 새가 되고 원숭이가 되고 또 사람이 되겠지.

"리셋 이후의 세상이 어떤 형태일 지는 확실히 정해진 것이 없어. 흘러가는 대로 내버려 둘 뿐이지. 어쩌면 운 좋게 살아남은 남녀가 있어서, 아담과 이브라는 최후의 인간이 될 지도 몰라. 그 후에는 근친상간이 만연하여 널리 자식을 퍼트릴지도 모르고."

"아오, 씨발!"

등 뒤에서 키보드를 두드리던 우현이 욕설을 뱉었다. 그 외침에 데루가 마키나가 깔깔거리며 웃었다. 우현은 모니터를 보는 자신을 힐끗 보았다. 놈은 연신 욕설을 뱉으면서 키보드를 쾅쾅 내리 찍었다.

"예전의 자신을 보는 기분은 어때?"

"좆같아."

우현이 대답했다. 그 말에 데루가 마키나는 피식 웃더니 손을 들어 엄지와 검지를 부딪쳤다. 주변의 풍경이 사라지고 새하얀 색으로 채워졌다.

"내가 누구냐고 물었지?"

두 개의 의자가 나타났다. 데루가 마키나는 의자에 앉았고, 맞은편에 선 우현에게 의자에 앉으라 손짓으로 권했다. 우현은 별 반항없이 데루가 마키나가 권하는대로 의자에 앉았다. 데루가 마키나는 우현을 보면서 눈웃음을 지었다.

"솔직히, 네 질문에 대답할 이유는 별로 없지만. 여태까지 네가 고생한 것과, 나를 위해 해준 것에 보답으로 어울려주지."

웃는 목소리로 말하던 데루가 마키나의 입술이 잠깐 멈췄다. 그녀의 입꼬리가 쭈욱하고 위로 찢어졌다.

"그리고 나는 지금… 기분이 아주 좋아. 내가 그토록 원하던 것에 닿았으니까."

"파괴자라는 것은 뭐지?"

우현은 데루가 마키나의 웃음을 노려보면서 내뱉었다.

"판데모니엄은? 창조주는? 대체 그게 다 뭐야?"

결국 그는 꼭두각시였다. 데루가 마키나가 원하는 대로 움직이는 꼭두각시. 김호정이 가진 헌터로서의 기억을 주입받고, 그것을 바탕으로 헌터가 된 정우현. 기억의 영향을 받아 정우현은 여태까지의 페인 생활을 청산했다. 그가 가지고 있던 열등감과 김호정의 기억에 진하게 녹아있던 열등감. 그리고 자신이 특별하다는, 세상의 멸망을 막아야 한다는 영웅심에 도취하여 지금의 정우현이 되었다.

모든 것이 데루가 마키나의 의도대로 되었다.

'놈이 원하는 것.'

라스 프라다와의 전투 중, 우현은 데루가 마키나를 만났다. 그때 데루가 마키나는 자신이 원하는 것이 무엇인지 우현에게 알려 주었다. 판데모니엄의 마지막 던전에 웅크리고 있는 괴물을 죽여 달라는 것. 그것이 데루가 마키나의 요구였다.

'창조주.'

그 마지막 던전에 웅크리고 있는 괴물은 단순한 몬스터가 아니다. 창조주. 단순히 그리 불리는 것이 아니라 그 무언가가 정말 창조주라면,

신을 죽이라는 말 아닌가.

"판데모니엄은 하나의 시스템이야."

잠깐 동안 침묵하고 있던 데루가 마키나가 입을 열었다. 그녀는 길게 뻗은 다리를 꼬고서 우현을 향해 눈을 가늘게 떴다.

"모든 차원, 모든 세계에 존재하는 시스템이지. 문명이 일정한 수준에 도달하였을 때, 판데모니엄의 문이 열리는 거야. 문명을, 세상을 멸망시키기 위해."

"…일정한 수준이라면?"

"문명이 문명 스스로 세상을 멸망시킬 수 있을 때."

데루가 마키나의 손이 활짝 펼쳐졌다.

"예를 들자면, 이 시대의 병기 중에서… 핵폭탄 같은. 그 수준에서 조금 더 유예를 두지. 문명이 더 성장하는가, 아니면 멈추는가. 대부분의 문명은 그 이후로도 계속해서 성장하고, 결국 도달해서는 안 될 금기에 손이 닿게 돼."

"…금기?"

"왜, 여러 가지 있잖아? 생명 복제라던가. 금기는 금기야. 인간이 생각하는 것과 똑같지. 해서는 안 되는 일.

과학이 침범해서는 안 되는 영역."

데루가 마키나의 손이 접혔다.

"대부분의 문명은 그를 침범해 버려. 향상심, 발전, 욕심. 모든 것이 앞으로 나아가라고 외치니까. 그래서 판데모니엄이 열리는 거야. 도달해서는 안 될 곳에 도달하고, 사사로운 다툼으로 세상을 멸망시킬 수준에 도달한 문명을 멈추게 하기 위해서."

흑기사는 인간을 향해 해충이라고 말했다.

"몇 번이나 되풀이 된 일이야. 나는 몇 개의 문명을 멸망시켰어. 몇 개의 차원을 넘어가며 그 차원의 문명을 멸망시켰지. 나라는 존재가 판데모니엄이라는 시스템의 핵심인 거야."

데루가 마키나의 입술이 씰룩거렸다.

"너희가 말하는 네임드 몬스터. 그것이 시간을 두고 현실에 나타나는 이유는… 너희에게 멸망을 알리고, 그를 대비하라는 배려였고."

"헌터는?"

우현이 내뱉었다.

"어차피 멸망할 것이라면 그냥 멸망시키면 되잖아. 헌터는… 헌터는 왜 만들어진 거야?"

"대뜸 멸망시키면 너무하잖아."

데루가 마키나가 깔깔거리며 웃었다.

"어느 정도의 희망은 줬지. 헌터가 그런 거야. 멸망을 극복할 수 있는 최소한의 희망. 실제로 헌터는 네임드 몬스터를 쓰러트리고, 던전을 공략해 가면서 멸망을 뒤로 늦추지."

"하지만 결국…."

"맞아. 결국에는 멸망해 버려. 왜? 내가 있으니까. 판도라랑 똑같은 거야. 판도라에는 온갖 불길하고 사악한 것들이 있지만, 마지막에는 희망이 있었지. 헌터는 그 희망이었고, 그 불길하고 사악한 모든 것은 나야."

데루가 마키나의 얼굴에서 표정이 사라졌다.

"안타깝게도, 여태까지의 세상에서 멸망을 막아낸 세상은 하나도 없었지만."

몇 개나 되는 세상을 멸망시켰다. 그때마다 똑같이 판데모니엄이 열렸고, 헌터가 세상에 나타났다. 헌터는 네임드 몬스터를 쓰러트리고 던전을 공략하며 멸망을 늦춘다. 그렇게 결국은 마지막 던전인 판도라에 도달한다.

희망고문이다. 판도라의 데루가 마키나는 막을 수 없는 존재다. 사냥이 불가능하다. 결국 세상은 멸망해 버린다. 애초에 그것을 위한 판데모니엄이다. 헌터라는 존재는 결국 네임드 몬스터가 가진 카운트와 똑같다. 멸망을 조금 뒤로 늦추고, 더 큰 절망을 위한 희망고문.

"진절머리 나."

표정없는 얼굴로 데루가 마키나가 중얼거렸다.

"몇 개나 되는 세상을 멸망시켰어. 나는 그것을 위해 만들어진 존재였지. 처음에는 아무 감정도 없었어. 기계처럼 학살을 반복했지. 그러다가 문득 깨달아 버린 거야."

나는 뭘까?

"그것이 시작이었지. 다행히 나에게 시간은 넘치도록 있었어. 판도라에 틀어박혀서 항상 생각했지. 나는 뭘까. 세상은 뭘까. 나는 왜 세상을 멸망시키는 걸까. 제법 의미 있는 사색이었어. 그 이전의 나는 생각 없이 명령대로 행동하는 기계와 같았거든. 회의감이 들었지. 사실 말이야, 응? 무언가를 죽이는 것은 그리 유쾌한 일은 아니잖아. 그게 수십억의 목숨이라면 더욱 그렇지. 아니, 수십억도 아니군. 몇 번을 반복했으니 수천, 몇 조에 달하는 목숨이 나에게 사라진 거야."

우현은 아무런 말도 하지 않고 데루가 마키나의 말을 들었다. 유쾌한 일이 아니다. 데루가 마키나는 그렇게 말했지만, 우현에게 있어서 데루가 마키나의 말은 역겹게 느껴졌다.

그렇게 말하는 데루가 마키나의 얼굴이 죽은 민아의 것이었으니까.

"다행히 나는 뛰어났고, 여러 가지 재주를 가지고 있

었지. 차원을 뛰어넘고 공간에 간섭하고. 신은 아니지만 신에 준하는 능력이 나에게 있었어. 당연하잖아? 나는 문명을 멸망시키는 최후의 괴물이니까. 그만한 능력은 가지고 있어야지."

"…그래서?"

"반역하기로 했어."

입꼬리가 올라간다. 데루가 마키나는 웃었다.

"더 이상 파괴와 멸망을 반복하고 싶지도 않았고. 그래서 반역했어."

"누구에게."

"나를 만든 존재. 이 세상을 멸망시키려는 존재. 인간의 개념으로는 신이라고 할 수 있겠지. 그 존재를 먹어치우고 내가 대신 그 자리에 오를 거야. 그러면 모든 것이 끝나. 인간은 멸망하지 않고 계속해서 살 수 있을 것이고, 나는…."

데루가 마키나의 말이 잠깐 멈췄다.

"…나는, 뭘 할까? 글쎄. 그건 일단 신이 되고 나서 생각해 보면 되겠지. 나의 반역은 성공 직전까지 갔었어. 이전의 세계, 그러니까… 김호정의 세계. 그 세계를 멸망시키고 나서, 판데모니엄을 빠져나갔을 때. 나는 그 세상을 멸망시키고, 신좌를 침범할 수 있었지."

하지만 실패했다.

"나의 창조주가 도망쳐 버렸거든. 놈은 이 세계로 건너왔고, 꼴사납게도 판데모니엄에 몸을 숨겼어. 판데모니엄은 독립된 공간이고, 판데모니엄의 던전 역시 독립되고 봉인된 곳이야. 이전의 던전이 끝까지 공략되지 않는다면 다음 던전은 열리지 않아. 내 능력으로도 침범이 불가능해."

"…그래서 나를 이용했군."

"맞아. 나는 너에게 김호정의 기억을 주입하고, 동시에 네 몸 안에 깃들었지. 그렇게 하면 대부분의 문제는 해결이 가능했으니까."

창조주가 데루가 마키나가 들어가야 할 마지막 던전에 웅크린 덕분에 데루가 마키나는 자신의 자리를 빼앗겼다. 판데모니엄이 독립 공간인 이상 데루가 마키나는 그 공간을 침범할 수 없다.

그래서 그녀는 우현의 몸에 둥지를 틀었다. 우현에게 호정의 기억을 주입하고, 우현을 헌터로 만들었다. 그것으로 데루가 마키나는 판데모니엄 안으로 들어갈 수 있게 되었다.

하지만 창조주가 깃든 마지막 던전에 들어갈 수는 없었다. 결국 던전을 공략해 나가며 마지막 던전의 문을 여는 방법 밖에 남지 않았다.

그것을 위해서 필요한 것은 정우현의 '강화'였다. 데

루가 마키나는 우현을 빠르게 성장시키기 위해 그에게
능력을 주었다. 몬스터에게서 마석을 뽑아내는 능력. 그
것으로 우현은 빠르게 성장했고,

"네 목숨을 한 번 구해주기도 했지."

라스 프라다에게 배를 꿰뚫리고 몸이 찢겼을 때.

"네가 더욱 강해질 수 있도록 능력을 주었고."

직접적인 간섭은 불가능했다. 인간인 우현은 데루가
마키나의 직접 간섭을 감당할 수 없을 테니까. 만약 그
릇인 우현이 박살나기라도 한다면 데루가 마키나는 고
립되 버리고 만다.

"그리고 드디어 마지막 던전이 열렸어."

데루가 마키나의 말을 들으며, 우현은 손으로 얼굴을
감쌌다.

너 파괴자여, 그 안에 둥지를 틀었구나.

'좆같아.'

결국 모든 것이 저 괴물의 뜻대로 된 것이다.

거의 일 년 전이다.

방구석에서 게임만 하던 인간쓰레기. 밥도 잘 먹지 않
고, 가족에게 소홀하고. 밖으로 나가는 일이 거의 없고,
연락을 주고받던 친구도 없던 폐기물. 몸은 비쩍 마르
고, 하고 싶은 일도 없고. 그런 주제에 열등감과 자존심
은 강해서, 그것이 오히려 독이었던 정우현.

"너무 기분 나빠 하지는 마."

데루가 마키나가 키득거렸다. 그녀는 경직된 우현의 얼굴을 보면서 가학적인 즐거움을 느꼈다. 저런 얼굴을 보고 싶었다. 자신이 세상을 구할 수 있다고. 멸망을 막을 수 있다고, 그렇게 생각하게 만들었다. 실제로 우현은 그렇게 되었다. 던전은 계속해서 공략되었고, 창조주가 안배로 둔 강력한 괴물들은 우현의 손에 쓰러졌다.

"나는 너에게 많은 도움을 주었어. 네가 죽지 않도록 돕고, 너의 몸을 돌보았지. 처음 너에게 김호정의 기억이 들어갔을 때를 떠올려 봐. 그때의 너는 어땠지?"

약해 빠진 몸뚱이.

"근성으로 가능한 것과 불가능한 것은 구분해야지. 네 몸뚱이가 강해지도록 도운 것이 누구일 것 같아?"

무식한 방법으로 몸을 만들었다. 육체를 한계에 가깝게 혹사시켰고, 그것을 매일 동안 반복했다. 원래라면 골병이 들었을 것이다.

하지만 몸은 버텨주었다. 내심 의외로 이 몸뚱이가 쓸 만하다고 생각했고, 반복했다. 근육통은 하루 이틀 지나면 깔끔하게 사라졌고, 혹사당한 근육이 재생하면서 부푸는 속도가 빨랐다.

왜 생각하지 못했을까.

그것이 평범과는 거리가 있었다는 사실을.

"당장 이번만 해도 그렇잖아?"

무슨 말을 하는 것인지 모르는 것은 아니다. 오히려 너무 잘 알고 있다. 그것이 좆같아. 우현은 까득 이를 갈았다. 흑기사를 쓰러트렸을 때.

순간이나마 감각이 폭주했다. 자신의 몸이 자신의 것이 아닌 것 같았다. 생각했던 것보다 몸이 빨랐고, 휘두르고 찌르는 검이 강했다. 그렇게 쓰러트렸다.

저 괴물의 도움을 받아서.

"그러니까, 너무 원망하지 말라는 거야. 네 몸 안에 깃들어 있으면서… 나는 충분히 머무는 값어치를 했으니까."

네 몸을 치료해주었고, 너를 강하게 해 주었지. 네가 조금이라도 더 강해질 수 있도록 능력도 주었어. 그 뿐이야? 네가 위기를 겪을 때마다 네 목숨을 지켜 주었지.

"너에게 원망을 들을 이유는 없다고 생각하는데, 아니야? 나는 너에게 아무런 잘못도 하지 않았어. 오히려 너를 적극적으로 도왔지."

"네 목적을 위해서."

"맞아. 그게 뭐가 잘못이야? 처음부터 그랬어. 나는 너에게 바라는 것이 있었고, 내 바람을 위해서 너를 도왔지."

"내가 원하는 건?"

"네가 원하는 것이 뭔데?"

데루가 마키나가 웃으며 물었다. 그 말에 우현은 낮은 숨을 내뱉으며 머리를 푹 숙였다.

"멸망을 막는 것."

막혔던 것은 명확히 풀렸다. 데루가 마키나가 무엇을 원하는가. 판데모니엄이 무엇인가. 왜 몬스터는 시간을 두고 세상에 나타나는가.

멸망, 리셋, 청소.

전지전능하신 창조주께서 그를 바라신다니, 뭐 어쩌겠는가. 까라면 까야지. 멸망하라 명하니 멸망할 뿐. 그런데, 좆같잖아.

"…네가 그, 창조주라는 것을 죽이고 신이 된다고 치자. 그렇다면… 세상은 어떻게 되는 건데?"

일단은 물어보았다. 당장 우현이 가진 대전제는 멸망을 막는 것이다. 그가 호정이 아닌 우현이라고 해도 그 바람은 변하지 않는다. 이곳까지 오기 위해 많은 헌터가 죽었다. 던전을 공략하고, 몬스터와 싸우면서. 박광호와 박희연, 민아, 그리고 이름을 기억하지 못하는 많은 헌터들.

"멸망하지 않을 거야."

데루가 마키나가 힘을 주어 말했다.

"그럴 필요가 없으니까. 약속하지. 멸망하지 않아."

"만약에 멸망한다면, 내가 마지막 던전으로 들어갈 이

유가 없으니까."

우현은 피곤한 목소리로 중얼거렸다. 데루가 마키나
는 우현의 몸 안에 둥지를 틀었다. 정확히 말하자면 저
괴물은 우현의 몸 안에 봉인되어 있는 것과 같다. 우현
이 마지막 던전인 라그나뢰크로 들어가지 않는 한, 데루
가 마키나는 창조주에게 닿지 않는다.

"…바꿔 말하자면, 내가 그 던전으로 들어가지 않는다
면. 너는 아무 것도 얻지 못하겠군."

"그 대신에 너는 많은 것을 잃게 될 거야."

데루가 마키나가 웃었다.

"우선 너는 죽겠지. 그 뒤에 다시 많은 사람들이 죽게
될 거야."

협박이고, 우현에게 유효했다. 우현은 낮은 웃음을 흘
렸다. 그런 식으로 말한다면 거절 할 수가 없잖아. 자기
목숨이 아까워서가 아니라, 다른 사람을 죽이고 싶지 않
아서.

"…그렇군."

우현이 중얼거렸다. 그는 의자에서 몸을 일으켰다. 머
리가 조금 어지러웠다. 데루가 마키나에게 듣고 싶은 이
야기는 모두 들었다.

"당장은 들어가지 않을 거야. 이쪽의 준비가 필요하니
까."

"얼마든지."

데루가 마키나가 양 손을 활짝 펼쳤다.

"그 전능하신 분은 궁지에 몰려있어. 더 이상 도망칠 곳도 없지. 다른 세계로 도망치는 곳도 불가능 해. 내가 막아 놓았으니까. 이 세계의 판데모니엄, 가장 깊은 곳에서 웅크리는 것이 그가 할 수 있는 저항의 전부야."

데루가 마키나의 눈이 살짝 찡그려졌다.

"가급적이면 내 손으로 완전히 끝내고 싶지만. 나라고 해도 정면으로 승부하는 것은 조금 부담스럽거든. 어느 정도의 서포트가 필요하단 말이야."

"인간이 도움이 될 것이라고 생각해?"

"없는 것보다는 나아. 나는 상당히 많은 힘을 썼어. 여러 가지 일을 벌려놓았으니까. 던전에 간섭하여 강제로 시크릿 던전을 만들기도 했고, 너에게 능력을 주기도 했고."

데루가 마키나가 단언했다.

"그렇게 성장시킨 이 세계의 인간은 여태까지 내가 멸망시켜 온 그 어떤 세상보다도 강해. 그야 당연하지. 강제로 강하게 만들었으니까."

이 역시 저 괴물의 안배다. 우현의 능력은 몬스터에게서 마석을 뽑아낸다. 그렇게 정제한 마석을 우현이, 그리고 다른 헌터들이 흡수했다. 그렇게 조련된 헌터는 이미 멸망한 호정의 세상에 살던 헌터들보다 강하다.

"너에게 익숙한 개념이지? 레이드와, 딜러와, 탱커. 헌터 전체가 탱커라면… 나는 딜러인 셈이지. 너희의 역할은 그것으로 충분해."

"죽는 헌터는?"

"죽어봤자 소수야. 세계 전체가 멸망하는 것보다는 낫지 않아?"

데루가 마키나가 생글거리며 웃었다. 우현은 뻔뻔한 얼굴로 웃어대는 데루가 마키나를 보면서 아무런 말도 하지 않았다. 애초에 저것은 괴물이다. 인간의 관점으로 호소해봤자 괴물다운 대답밖에 나오지 않아. 레이드라. 우현은 작은 목소리로 중얼거렸다.

"…그래."

거래와 교섭이 불가능해. 조건이 동등하지 않다. 우현 쪽에서 데루가 마키나가 혹할만한 무언가를 제시할 수 있는 것도 아니다. 애초에 쥐고 있는 패가 저 괴물 쪽이 압도적이다. 세계 전체의 목숨을 쥐고 하는 협박을 어찌 받아 칠 수 있단 말인가. 데루가 마키나는 표정없는 우현의 얼굴을 바라보면서 빙긋 웃었다.

"너는 죽지 않게 해 줄게."

데루가 마키나가 선심이라도 쓰는 것처럼 말했다.

"너에게 불사의 능력을 주지. 팔 다리가 날아가도, 머리가 날아가도 죽지 않는 능력. 굉장하지? 마지막 던전에서 너를 제외한 모두가 죽는다고 해도, 너는 죽지 않아."

"필요 없어."

"아니, 받아야 해. 너는 진실을 알고 있으니까. 내가 영광스러운 존재가 되었을 때, 누군가는 나를 알아주어야 하지 않겠어?"

이기적인 말이었다. 우현은 까득 이를 갈았다.

"다른…."

"아니, 안 돼."

데루가 마키나가 머리를 흔들었다.

"내가 왜 그래야 하지? 내가 너를 특별하다고 여기는 것은, 네가 모든 것을 알고 있기 때문이야. 그리고 이용해 먹은 것에 대한 적당한 보답을 더 주고 싶었기 때문이고. 네가 아끼는 다른 헌터에게 내 자비를 베풀 이유는 없어."

"…자기 멋대로야."

"신이란 늘상 그런 법이지. 그리고 넌 신이 아닌 인간이야. 인간은 원하는 모든 것을 손에 넣을 수 없어."

데루가 마키나의 목소리가 멀어졌다.

"다른 누군가를 죽이고 싶지 않다면, 네가 그만큼 노력해 봐."

그 말이 마지막이었다. 눈을 떴을 때, 낡은 천장이 보였다. 어디서 봤다 싶었는데, 길드 하우스의 천장이었다. 던전 앞에서 정신을 잃었을 때 다른 누군가가 옮겨 놓은 모양이다.

"…아."

입술은 바짝 말라 있었다. 소리를 내 보았는데, 목소리가 거칠었다. 목 말라. 그런 생각을 하면서 몸을 일으켰다. 머리가 지끈거렸다. 정신을 잃고 얼마나 시간이 흘렀지? 침대의 곁에는 물주전자. 그리고 손목에는 링겔이 꽂혀 있었다.

"…아무도 없잖아."

일단 물을 마셨다. 천천히, 목이 다치지 않도록. 물을 몇 모금 마신 것만으로 정신이 확 뜨였다. 우현은 천천히 호흡을 조절했다. 그리고는 몸에 꽂힌 링겔을 조심스레 뽑아냈다.

갑옷은 벗겨져서 침대 곁에 놓여 있었다. 우현은 그것을 힐끗 보고 침대에서 내려왔다. 발이 조금 휘청거렸다. 몸 상태는 그리 좋지 않았다. 아무래도 정신을 잃고서 시간이 꽤 흐른 모양이었다.

"…민아는…."

자신도 모르게 중얼거렸고, 그 말은 끝을 맺지 못했다. 가슴이 찢어지는 것처럼 아팠다. 민아는 죽었다. 우현을 대신해서 죽어버렸다.

생각해보면 언제나 그랬어.

나는 항상 안일했고, 스스로 후회할 일을 저질렀다. 그리고 뒤늦게 후회했지. 시헌의 팔이 잘렸을 때도 그래. 정민석이 죽었을 때도 그랬어. 박희연, 박광호가 죽었을 때. 그리고 민아가 죽었을 때.

나는 나 자신을 너무 과신했다. 열등감과 자신감, 그것이 뒤섞인 나. 거기에 꼴같잖은 영웅심. 나는 할 수 있다, 나는 해야 한다. 그런 병신같은 자기암시.

그래서 일을 저지르지. 과감하게 모험을 걸었다, 라고 멋있게 포장하면서. 감당할 수도 없으면서.

"…읔…."

아.

결국 내가 병신인 거잖아. 우현은 손으로 얼굴을 감싸면서 낮게 웃었다. 김호정이라면 이런 실수를 하지 않았을 거야. 내가 정우현이라서, 실수했어.

달칵하는 소리와 함께 문이 열렸다. 우현은 얼굴을 감싸고 있던 손을 내렸다. 손을 내려 보이는 얼굴에는 자괴감과 슬픔은 없었다. 창백하게 질린 얼굴과 차분히 가라앉은 눈동자. 문을 열고 들어오는 발레리아는 우현을 보고 멈칫 굳었다.

"…일어났어?"

"응."

목소리는 차분했다. 발레리아는 그런 우현의 대답이 의외라는 듯이 눈을 동그랗게 떴다. 발레리아는 잠시 머뭇거리더니, 방문을 닫고 완전히 안으로 들어왔다.

"…좀, 어때?"

"조금 피곤해. 머리도 조금… 아프고. 배가 고파."

"그야 그렇겠지."

발레리아가 한숨을 쉬며 말했다. 그녀는 머리를 벅벅 긁었다.

"사흘 동안 기절해 있었으니까."

발레리아가 중얼거렸다. 그 말에 우현의 표정이 조금 변했다.

"사흘?"

되묻는 말에 발레리아가 머리를 끄덕거렸다.

"마지막 던전 앞에서 정신을 잃었잖아. 그 후부터 사흘이야."

"민아는?"

곧바로 물었다. 그 말에 발레리아는 대답하지 않았다. 물어보기는 했지만, 대답은 뻔히 알고 있었다. 사흘이 지났다면 전부 끝났겠지.

"…괜찮아?"

발레리아는 굳은 우현의 얼굴을 보면서 조심스레 물

었다. 잠시 멍한 눈으로 천장을 올려 보던 우현은 천천히 머리를 끄덕거렸다.

"응."

그렇게, 나를 기억해야 돼.

민아가 남긴 말이 머리를 울렸다. 우현은 눈을 감았다.

"괜찮아."

확실히 기억하고 있다. 민아가 마지막으로 뭐라고 말했는지. 내가 거기에 어떻게 대답했는지. 민아가 왜 그렇게 되었는지.

그러니까,

나는 괴물이 되어야 해.

손목으로 칼날을 베었다.

쓰린 통증이 스쳤고, 피가 위로 치솟았다. 우현은 손목의 상처를 손으로 압박하면서 잠시 동안 상황을 보았다. 마음속으로 숫자를 세었다. 하나, 둘, 둘… 오래 걸리지는 않았다. 손목에서 손을 떼었을 때, 깊이 베어낸 상처는 사라져 있었다.

너에게 불사를 줄게.

그 괴물이 웃으며 했던 말이 귓가에 남았다. 제멋대로에 오만한 괴물. 멀쩡히 잘 살아가고 있던 사람을 제 마음대로 이렇게 만들어버리고, 이제는 죽을 수도 없는 몸으로 만들었다. 그 괴물이 말한 이유란 것도 어처구니가 없다.

'애새끼도 아니고.'

생각해 보면 이해하지 못할 것도 아니었다. 그 괴물은 판데모니엄이라는 시스템의 마지막으로서, 언제나 세상을 멸망시켜왔다. 그 괴물은 자신을 알고 있는 모든 존재는 제 손으로 죽여온 것이다.

그러니 억지스러운 고집을 부리는 것일까. 단순히 기억되고 싶어서. 우현으로서는 납득할 수 없었다. 자신이 영광스러운 존재가 되었을 때, 누군가는 자신을 알아주어야 하지 않겠느냐라면서 웃던 데루가 마키나의 얼굴을 떠올렸다.

역겨웠다. 토하고 싶었다. 그 괴물이 자신의 몸 안에 둥지를 틀었다는 것도, 자신이 보는 것과 느끼는 감각을 알고 있다는 것도. 우현은 지끈거리는 머리를 손으로 꽉 눌렀다.

발할라를 공략하고, 라그나뢰크가 열리고 사흘. 우현이 정신을 잃고 있던 시간이다. 데루가 마키나와 이야기를 나눈 시간은 고작해야 한 시간도 되지 않으리라 생각했는데, 사흘이나 시간이 흘러버렸다.

서울 시청, 헌터 협회 한국지부. 그 건물의 뒤편에는 헌터를 위한 납골당이 마련되어 있다. 바란다면 헌터는 죽어서 이 납골당에 안치될 수 있다. 민아 역시 그랬다.

우현이 정신을 차렸을 때, 이미 장례는 끝났다. 민아의 몸은 불탔고, 하얀 백골만이 작은 항아리에 담겼다. 유리창 너머에 안치된 항아리는 손을 대면 이쪽이 타버리지 않을까 싶을 정도로 뜨거워 보였다. 그 항아리의 앞에 세워진 민아의 사진은 활짝 웃는 얼굴이었다.

그 얼굴을 한동안 말없이 마주 보았다. 자주 보았던 웃음이다. 눈을 방긋 휘고, 입꼬리를 올려서 하얀 이가 드러나고. 볼에는 옴폭 파인 보조개.

민아는 묘하게 촌스러운 구석이 있었다. 아저씨들이나 좋아할 법한 농담을 좋아했고, 썰렁한 개그에도 혼자 낄낄거리며 웃었다. 간혹 사진을 찍을 때에도 혼잣말로 김치, 치즈라고 중얼거리곤 했다. 그러면서 뻔뻔하고, 능글맞아서.

조금 더, 욕심 부려도 돼요?

창백한 얼굴로 웃던 민아의 얼굴이 떠오르고, 마지막으로 중얼거린

미안해, 엄마.

욱신거리는 아픔에 아래를 보았다. 손톱이 살을 파고들어 피를 내고 있었다. 그것을 묵묵히 보다가, 시선을 들어 민아의 사진을 보았다.

"미안해."

그 말 외에 할 말을 떠올릴 수가 없었다. 몇 번이고 똑

같은 말을 반복했고, 민아를 보고 머리를 숙였다. 한참을 그러고 있다가 납골당을 나왔다. 바깥에 마련된 흡연구역에서 담배를 피웠다. 하나, 둘, 셋, 넷. 머릿속이 흰 연기로 가득 차는 기분이었다.

핸드폰이 울렸다. 선하에게 온 전화였고, 받지 않았다. 부재중 전화가 잔뜩 쌓였다. 궁상떨지 마. 피고 있던 담배를 지져 끄면서 스스로에게 내뱉었다. 작작 찌질대, 이렇게 찌질대봤자 돌이킬 수 없으니까.

그러니까 너는.

나는 괴물이 되어야 해.

선하의 집으로 돌아왔을 때, 뺨을 맞았다. 선하가 휘두른 손이었다. 그녀는 자신이 따귀를 때려 놓고도 되려 자신이 놀랐다. 선하는 입을 틀어막고 비틀거리며 뒤로 물러섰고, 우현은 얻어맞은 뺨을 쓸어내리며 아무 말도 하지 않았다. 소리는 컸지만 그리 아프지는 않았다. 우현은 볼 안쪽을 혀로 쓸면서 선하를 바라보았다.

"걱정했어?"

우현이 물었다. 선하는 아무런 말도 하지 않고 손으로 얼굴을 감쌌다. 흐느끼는 소리와 함께 선하의 어깨가 가늘게 떨렸다. 우현은 말없이 선하를 바라보았다. 뒤편에 서있던 시헌이 착잡한 얼굴로 머리를 벅벅 긁었다.

"…형이 연락이 안 되니까."

시헌이 작은 목소리로 중얼거렸다. 판데모니엄 내의 길드 하우스에서 눈을 뜨고, 몸을 추스른 뒤에 바깥에 나왔을 때. 집은 텅 비어 있었다. 뭔가 연락이라도 남기고 갔다면, 최소한 전화라도 받았으면 되었을 텐데.

"내가 자살이라도 했을 줄 알았어?"

우현이 피식 웃으며 물었고, 그 물음에 선하의 흐느끼는 소리가 멈췄다. 그녀는 훌쩍거리는 울음을 삼키고 눈에 힘을 주어 우현을 노려보았다. 그 시선에 우현은 한숨을 쉬면서 머리를 흔들었다.

"…그럴 일 없으니까 안심해. 이렇게 된 것을 비관해서 자살한다면, 민아를 볼 면목이 없잖아."

작은 목소리로 중얼거렸다. 이 목숨은 민아가 살려 준 목숨이다. 찌질한 이유로 혼자 죽어버렸다가는 죽어서 민아를 볼 수 없다. 애초에 자살이 불가능한 몸이 되어 버렸고. 우현은 선하에게 다가가 그녀의 어깨를 잡았다.

"…걱정끼쳐서 미안해."

"…앞으로는 그러지 마."

선하가 중얼거렸다. 우현은 머리를 끄덕거리며 선하의 어깨를 토닥여주었다. 그는 시헌을 힐끗 보았다.

"…민아는?"

"…잘 끝났어요."

"그쪽 가족…은?"

시헌은 곧바로 대답하지 않고 머뭇거렸다. 그 머뭇거림은 우현에게 충분한 대답이 되었다. 당연히 좋은 말은 듣지 못했겠지. 민아의 가족으로서는 애지중지 키워오던 딸이 죽은 것이니까.

"…그래도, 납득해 주셨어요."

시헌이 간신히 대답했다.

"누나가 어떻게 죽었는지… 마지막에 뭐라고 했는지 물어보셨고… 이야기를 듣고 나서는 알았다고 하셨어요. 여태까지 고마웠다고… 그렇게 말하셨고."

심장이 손톱으로 할퀴어지는 기분이었다. 내색하지 않았다. 아직은, 아직은 아니다. 우현은 머리를 끄덕거리며 소파에 가서 털썩 앉았다.

"…다음 던전이 마지막이야."

우현이 입을 열었다. 그 말에 시헌이 미간을 찡그리며 우현을 바라보았다. 그는 우현에게 무어라 말을 하려다가, 끝내 말을 뱉지 않고 입술을 꾹 다물었다. 무릎 위에 올려 진 우현의 주먹이 꽉 쥐어져 떨리는 것을 보았다.

"…라그나뢰크."

선하가 작은 목소리로 중얼거렸다. 마지막 던전인 라그나뢰크가 열린지 사흘이 흘렀지만, 라그나뢰크에 도전한 공격대는 아직 없었다.

"일단 이쪽의 정보가 너무 적어. 선발대를 보내야할까?"

선하가 물었다. 그 물음에 우현은 잠시 입을 다물고 있다가 머리를 흔들었다.

"아니, 선발대는 보내지 않아."

우현이 대답했다. 그 대답에 선하의 눈이 동그랗게 떠졌다.

"왜?"

"굳이 우리가 움직여도 다른 쪽이 움직일 테니까."

우현은 확신어린 목소리로 대답했다. 수많은 공격대를 패배시킨 발할라 던전이 공략되었다. 제네시스 연합은 명실상부 최강의 길드로 자리잡았다.

하지만 발할라 공략을 끝내면서 큰 피해를 입었다. 당장은 그를 수복해야 하니 움직일 수 없다. 표면적으로는 그렇게 이유를 밝힌다.

"제네시스가 주춤한다면 럭키 카운터는 반드시 움직여. 얌전히 정상을 양보하고 싶지 않을 테니까."

럭키 카운터는 62번 던전부터 계속 제네시스에게 추월당했다. 결국 패배를 인정하고 머리를 숙일 것인지, 아니면 역전의 기회를 노릴 것인지. 우현은 후자라고 생각했다.

"럭키 카운터 연합이 정보를 공유할까요?"

"굳이 그들이 정보를 공유하지 않아도 상관은 없어."

우현이 머리를 흔들었다.

"손 안대고 코를 풀고 싶을 뿐이야. 그들이 전부 뒈져 버려도 우리에게 손해는 없으니까."

우현은 담담한 목소리로 중얼거렸고, 그 말에 선하의 표정이 조금 멍해졌다. 시헌 역시 마찬가지였다.

"…진심으로 하는 말이에요?"

시헌이 떨리는 목소리로 물었다. 우현은 머리를 끄덕거렸다. 그의 눈동자가 선하를 보았다.

"김상규도, 막시언도. 나쁜 사람이잖아. 안 그래?"

"…아무리 그래도…."

시헌이 더듬거리며 중얼거렸다. 그 말에 우현의 눈이 시헌을 향했다.

"해리도 죽였어."

우현이 말했다. 그 말에 시헌의 얼굴이 창백하게 질렸다. 그는 자신도 모르게 잘린 왼팔을 손으로 감싸 쥐었다. 해리. 잊고 있던, 잊고 싶었던 이름이다.

"내가 직접 죽였지. 해리 뿐만이 아니라, 그때 거기에 있던 고스트 헌터들 전부. 내가 다 죽여 버렸어."

직접 듣는 것은 선하도 처음이었다. 그렇지 않을까, 라고 생각만 하고 있었을 뿐이다. 우현의 입으로 직접 들은 사건의 전말은 시헌과 선하에게 큰 혼란을 주었다.

노골적으로 말하고 싶지 않았지만, 사람을 죽인 것 아닌가. 하나 둘이 아닌 몇 십 명을.

"…저를 위해서 그런 거예요?"

시헌이 떨리는 목소리로 물었고, 우현은 머리를 흔들었다.

"내가 용납할 수 없어서."

시헌에게 책임을 지우고 싶지 않았다. 그래서 그렇게 대답했다.

"죽어 마땅한 놈들이라 생각했고, 그래서 그렇게 했을 뿐이야. 너는 단순한 피해자일 뿐이니 책임을 느낄 이유는 없어."

"하지만…!"

"이미 지나간 일이야."

우현은 시헌의 말을 도중에 끊었다. 그는 선하를 바라보았다.

"마지막 던전이 공략되면, 판데모니엄은 사라질 거야."

확실하지는 않다.

"어쩌면 사라지지 않을 지도 모르지만, 적어도 헌터는 존재의 의미가 없어질 거야. 마지막 던전 이후에 새로 던전이 열리지 않을 테니까. 새로운 던전이 열리지 않는다면 카운트를 가진 네임드 몬스터도 나타나지 않아."

판데모니엄의 존재는 인류에게 위협이 아니게 된다. 헌터의 존재 의의는 새로 열린 던전, 그곳에 나타나는 새로운 네임드 몬스터를 사냥하는 것에 있다. 카운트가 0이 된다면 네임드 몬스터는 현실에 나타나고, 현대 병기로는 네임드 몬스터를 쓰러트릴 수 없다.

그러니 헌터는 던전 내에서 혹은 던전 바깥으로 이동한 네임드 몬스터를 사냥한다. 그리고 세계와 각 국의 정부는 그런 헌터를, 헌터를 품은 협회를 지원한다. 하지만 네임드 몬스터가 더 이상 나타나지 않는다면?

헌터가 가진 존재 의의는 사라진다. 세계가 헌터를 지원할 이유는 없다.

"오히려 헌터는 감시당하겠지. 몬스터가 나타날 지도 모른다는 위기가 있을 때에, 헌터는 몬스터와 맞설 수 있는 유일한 힘이었어. 하지만 몬스터가 나타나지 않는다면? 오히려 헌터가 몬스터처럼 취급될 지도 몰라."

어쩌면 감시당할 지도 모르지.

"그렇게 된다면 막시언이나 김상규를 처벌할 수단은 완전히 사라지게 돼. 2년 전의 일을 꺼내 봤자 명확한 증거도 없으니, 그들을 옭아 쥘 수 없어."

"…만약 그들이 마지막 던전에 들어가지 않으려 한다면?"

"그때에는 다른 방법을 써야지."

우현이 대답했다. 선하는 불안한 얼굴로 우현을 바라
보았다. 우현은 자신에게 향하는 시선에 한숨을 쉬면서
몸을 일으켰다.

"굳이 네가 선택할 필요는 없어."

우현이 중얼거렸다.

"놈들에게 빚이 있는 것은 나도 마찬가지니까."

박스를 칼로 찢어 열었을 때, 안에 들어있는 것을 보
고 김상규의 눈이 부릅 뜨였다.

"…이게 뭐야?"

목소리가 떨렸다. 그럴 수밖에 없었다. 김상규는 몸을
깊이 숙여 박스 안을 가득 채운 것들을 바라보았다. 영
롱하게 빛나는 붉은 보석. 김상규는 꿀꺽 침을 삼키고서
손을 뻗었다. 손 안에 꽉 잡히는 묵직한 중량감. 김상규
는 조심스레 손을 빼냈다. 그리고서는 손 안에 잡힌 보
석을 바라보았다.

마석.

보기에는 틀림없이 마석이었다. 김상규는 혼란스러운
얼굴로 마석을 바라보았다. 그리고 다시 시선을 내려 박
스 안을 살폈다. 척 보기에도 수십 개는 될 법한 마석이
그 안에 들어 있었다.

택배의 수신인은 누군지 적혀있지 않았다. 대신에, 박
스의 안 쪽에 작은 쪽지가 붙어 있었다.

[언제나 응원하고 있습니다.]

그것이 끝. 김상규는 쪽지에 적힌 짧은 문장을 보면서 눈을 깜박거렸다. 언제나 응원하고 있습니다? 뭔 씨발, 아이돌한테 보내는 편지도 아니고. 김상규는 머리를 벅벅 문질렀다. 그리고서는 조심스러운 눈으로 손에 잡힌 마석을 내려 보았다.

이거 진짜인가? 김상규는 머뭇거리며 손에 쥔 마석을 어루만졌다. 은은한 온기와 보석 같지 않은 묵직함. 표면은 매끈했다. 김상규가 알고 있는 마석의 특징과 똑같았다.

"…씨발, 이게 도대체 무슨 일이야?"

고민할 것은 없다. 헌터는 마석을 감별할 수 있는 방법을 가지고 있으니까. 김상규는 생각을 뒤로 하고 마석에게 의식을 집중시켰다. 손 안에 쥐어진 마석이 흐물거리며 녹았고,

가슴이 두근하고 뛰었다. 김상규는 숨을 내뱉으며 몇 걸음 뒤로 물러섰다. 투기가 늘어나고 몸의 피로가 가시는 것이 느껴졌다. 김상규는 크게 뜬 눈을 껌벅거리며 상자를 내려 보았다.

혹시나 하는 마음에 상자를 헤집어 마석을 하나 더 꺼내고, 그것을 흡수해 보았다. 똑같았다. 투기가 늘어났다. 김상규는 꿀꺽 침을 삼키며 상자를 뒤집었다. 안에 가득 채워진 마석이 우루루 아래로 떨어졌다.

23개.

상자 안에 들어있는 마석의 수였다. 하나하나 만져보았고, 전부가 진짜 마석이라는 확신을 얻었다. 김상규의 입술 사이에서 허탈한 웃음이 새어나왔다.

"…이런 미친…."

이 정도 크기, 이 정도 수량의 레드 스톤. 믿을 수 없었다. 이렇게 많은 마석을 누군가가 보유하고 있었다는 말인가. 그리고 그것을 무상으로 보냈고? 미친, 영화도 아니고. 이 정도 수량과 질을 갖춘 레드 스톤이라면, 시장에 풀었을 때 몇 조원에 달하는 돈을 만질 수 있을 것이다. 아니, 어쩌면 그보다 많이. 협회 측에서 최상위권 헌터를 상대로 마석을 헐값에 풀기는 했지만, 마석을 원하는 헌터는 많다. 아무리 값이 떨어졌어도 이 정도 수량의 레드 스톤이라면 몇 대를 먹고 살 수 있는 거금을 만질 수 있다.

'…침착해, 침착하라고.'

몇 대는, 씨발. 이 정도의 돈이라면 어지간한 나라의 일 년치 예산은 될 것이다. 이게 대체 왜 내 집으로 온 거야? 어떤 미친 새끼가 이런 정신 나간 짓을 한 거야? 김상규의 머릿속에 온갖 음모가 떠올랐다. 몇 십 개의 마석이 대뜸 집으로 배달 왔다. 바라는 것은 아무 것도 적혀있지 않고, '응원하고 있습니다.' 니미, 씨발. 대체 뭔 헛소리야. 댁이 누군데 나를 응원해?

'…잠적할까?'

등골에 식은땀이 흘렀다. 이 정도의 돈이라면 헌터 짓을 하지 않아도 평생을 먹고 살 수 있다. 세계에서 손에 꼽히는 부호가 될 수 있을 것이고, 아무런 걱정 없이 살 수 있다. 몬스터는, 씨팔. 이 짓거리 계속 하다가는 비참하게 뒈질 뿐이다. 당장 지난번에도 죽을 뻔 했는데.

'헐값이라도 좋아. 어떻게든 처분한다면 문제는 없어. 협회… 협회 측에 팔아넘길까? 아니면 럭키 카운터?'

럭키 카운터와 나래는 아직 연합을 유지하고 있다. 볼프의 길드 마스터는 뒈졌지만 럭키 카운터는 그 잔당을 흡수했다.

의미없는 연합이다. 실적을 전혀 올리지 못하고 있으니까. 게다가 김상규는 연합과 헌터 짓에 회의감을 느끼고 있었다. 나래 내에서 김상규의 입지가 너무 좁아졌다. 개새끼들, 키워준 은혜도 모르고.

'아니면 제네시스나 나래… 카멜롯도 좋군. 팔아넘길 곳은 얼마든지 있어. 그래, 팔아넘기고 잠적하면….'

─아니야. 추적당할 거야. 김상규의 얼굴이 일그러졌다. 막시언의 성격이라면 김상규를 반드시 쫓는다. 멀쩡히 잘 살던 사람이 아무 말도 없이 잠적한다면 당연히 의심할 테니까. 아니면 정식으로 은퇴를 선언해? 그것도

나쁘지는 않군. 은퇴한다면…

은퇴한다면. 그 생각에 대해 진지하게 고민할 때, 김상규의 전화가 울렸다. 김상규는 화들짝 놀라 주머니에 넣은 핸드폰을 꺼냈다. 김상규의 얼굴이 일그러졌다. 막시언의 전화였다.

"…여보세요."

침착해라, 동요하지 마. 매끄러운 영어가 흘러나왔다. 잠깐의 침묵이 흘렀다.

[마석 받았지?]

불쑥 묻는 말에 김상규의 얼굴이 일그러졌다.

익명 게시판에 올라온 글은 전 세계적으로 화제가 되었다. 몇 십 개의 마석이 화랑의 길드 마스터인 김상규에게 전해졌다는 것. 자신은 럭키 카운터 연합, 특히 화랑을 응원하고 있다는 것.

김상규로서는 이해할 수 없는 개소리였다. 은밀한 천사가 되고 싶었으면 아가리를 닥치고 있을 것이지, 왜 남들 다 보라고 알리고 지랄이야. 김상규는 담배를 뻑뻑 피우며 모니터를 노려보았다.

[어쩔 텐가?]

전화기 너머로 막시언이 물었다. 김상규는 곧바로 대답하지 않았다. 니미, 씨팔. 얌전히 잠적하고 싶었는데… 막시언이 알아버렸다. 아니, 막시언 뿐만이 아니

라. 전 세계가 알아버렸다. 이렇게 일이 커진 이상 얌전히 잠적하는 것도 힘들다.

"제가 받은 겁니다."

김상규가 내뱉었다. 그 말에 수화기 너머에서 막시언이 낮게 웃는 소리가 들렸다.

[그 마석. 처분할 건가?]

"생각 중입니다."

[그렇다면 나한테 팔게.]

기다렸다는 듯이 막시언이 대답했다. 막시언의 말에 김상규의 눈이 크게 뜨였다.

"뭐요?"

김상규가 되묻자 막시언이 천천히 말을 이었다.

[그 정도 마석이 있다면 다음 던전은 확실히 공략할 수 있어.]

"…미친. 그니까, 이 마석먹고 던전 공략하시겠다고?"

[어려울 것 없는 이야기 아닌가? 발할라를 공략하면서 제네시스 연합은 큰 피해를 입었어. 당장은 움직이지 못해. 그 틈에 럭키 카운터 연합이 놈들을 제친다면….]

"발할라에서 뭔 꼴 당했는지 잊었습니까?"

[만회할 수 있어.]

막시언이 힘을 주어 말했다. 김상규는 한숨을 푹 쉬면서 얼굴을 손으로 감쌌다.

"…다 좋고, 나는 좀 빼주쇼. 마석 팔아 줄 테니까…
난 빼달라고."

[그건 조금 곤란한데. 당장 자네가 빠진다면 그 빈자
리를 메울 만한 사람이 없어.]

"난 씨발 뒈지기 싫단 말입니다."

[이번 던전 공략만 참가하게. 마석은 좋은 값에 사 줄
것이고, 자네가 이번 던전 공략에 참가한다면… 그만큼
값을 더 쳐주지. 어떤가?]

"마석만 다 팔아도 평생은 먹고 살 텐데. 돈이 아무리
좋아도…."

[그 정도 마석을 한 번에 구입할 수 있는 사람이 몇이
나 될 것 같나?]

막시언이 소곤거렸다.

"아오, 씨발!"

김상규는 버럭 고함을 질렀다.

[아니면 그냥, 다 같이 뒈져볼까? 자네와 내가 공유하
고 있는 일 중에서 깔끔하지 못한 일이 제법 많은 것으
로 아는데.]

"…알겠습니다. 알겠다고요."

개새끼가, 이제는 협박을 해? 김상규는 뿌득 이를 갈
면서 머리를 벅벅 긁었다. 그는 상자에 가득 담긴 마석
을 노려보았다.

아냐, 침착해라. 나쁠 것 없는 이야기다. 막시언의 말대로 저만한 양의 마석을 구입해 줄 곳은 흔치 않다. 마석을 원하는 헌터는 많지만, 원하는 것과 살 수 있다는 것은 전혀 다른 이야기다. 막시언에게 마석을 팔고, 이번 던전을 마지막으로 헌터 생활을 깔끔하게 청산한다.

'사람은 박수 칠 때 떠나야 돼.'

그리고 나한테는 지금이 바로 그때야. 멀리서 박수 소리가 들리는 것 같았다. 거래 날짜를 잡고서 김상규는 전화를 끊었다.

"미친 새끼. 돈도 많지."

김상규는 꺼진 전화기를 노려보면서 중얼거렸다. 그러니까 왜, 구질구질하게 고집을 부려서. 최고였을 때 내려왔으면 됐잖아. 병신같은 새끼.

'열심히 좆빠이 쳐라, 나는 관둘란다.'

김상규의 입꼬리가 올라갔다. 마석을 보낸 것이 누구인지는 모르겠지만, 알 필요는 없다. 중요한 것은 저 많은 마석이 내 손에 있다는 것. 그리고 헌터 생활을 끝낼 수 있게 됐다는 것.

그만두면 뭘 할까,

라는.

그런 생각이 희미하게 멀어졌다. 김상규는 쿨럭거리며 피를 토했다. 그는 덜덜 떨리는 손을 들어 입을 감싸 쥐었다. 아무리 틀어막아도 목구멍을 올라오는 피는 멈추지 않았다.

이게 대체 뭐야?

간신히 목을 들었다. 김상규의 얼굴이 참혹하게 일그러졌다. 허리 아래로 아무 것도 보이지 않았다. 내 다리. 내 다리가 어디로 갔지? 김상규의 눈이 덜덜 떨렸다. 다리를 움직이려고 해 보았지만 감각이 닿지 않아. 내, 다리.

"으…."

대체 무슨 일이 벌어진 거야. 내가 왜. 이번을 마지막으로 헌터 접고, 떵떵거리며 잘 살 내가. 왜 내가 이렇게 된 거야? 내 다리는 어디로 갔고? 여기는 대체 어디야? 김상규는 손을 더듬어 땅을 짚었다. 간신히 힘을 주어 허리를 일으켰다.

지옥이 펼쳐져 있었다.

막시언은 무릎을 꿇었다. 손끝이 덜덜 떨렸고 머릿속이 텅 비었다. 그의 무기는 땅을 뒹굴었고, 전의는 이미 상실되었다.

황혼이 걸친 하늘 아래에, 거대한 용이 날개를 펼치고 있었다. 놈은 하얗게 빛나는 눈으로 아래를 보았고, 막시언은 그 시선에서 절망을 느꼈다. 10개의 마석을 독식했다. 나머지 마석은 길드의 주요 간부에게 제공했다.

실패에 대해서는 조금도 생각하지 않았다.

그 확신이 깨지는 것에는 오랜 시간이 걸리지 않았다. 라그나뢰크라는 거창한 이름의 던전에 돌입했을 때. 황혼에 젖은 하늘은 발할라를 연상시켰지만, 이곳에서 기다리고 있던 것은 흑기사와는 비교도 할 수 없는 괴물이었다.

이름은 모르겠다. 보이지 않으니까. 다만, 희미하게 드는 생각은. 저 괴물을 칭할 이름은 그 어디에도 없지 않을까. 드문드문 끊어지는 생각이 막시언의 머리를 뒤덮었다.

"…안 돼."

막시언이 중얼거렸다. 그는 비틀거리면서 몸을 일으켰다. 머릿속을 장악한 것은 아집이었다. 여기서 이렇게 주저앉을 수는 없다. 여태까지의 삶, 럭키 카운터의 길드 마스터로 살았던 삶. 세계 제일, 정상, 최고. 그런 단어가 막시언의 머릿속에서 떠돌았다. 뭐라 중얼거리던 막시언은 아공간에서 무기를 뽑아 쥐었다.

쓰러트릴 수 있다. 당연히 할 수 있다. 그는 막시언 밀리베이크고, 럭키 카운터의 길드 마스터다. 세계 제일의 헌터라 불리던 몸이다. 그러니까 할 수 있다. 자기암시처럼 중얼거리던 막시언이 고함을 지르며 달려들었다.

내리찍은 앞발이 막시언의 몸을 뭉개버렸다.

REVENGE

3. 복수

HUNTING

NEO MODERN FANTASY STORY & ADVANTURE

REVENGE
HUNTING

3. 복수

"목숨도 질기지."

병실의 앞에 서서 중얼거렸다. 66번 던전, 라그나뢰크를 공략하기 위해 돌입한 럭키 카운터 연합은 전멸에 가까운 피해를 입었다. 길드 마스터인 막시언은 시체조차 회수하지 못했고, 그나마 목숨을 건진 것은 후방 쪽의 예비 인원 몇몇이 고작이었다.

그리고 김상규. 죽기를 바랐는데, 놈은 살아남았다. 듣자 하니 두 다리가 잘린 병신이 되었다던가. 직접 보면 알겠지. 우현은 곁에 선 선하를 바라보았다. 선하는 조금 긴장한 얼굴이었다.

"긴장 풀어."

우현은 선하의 어깨에 손을 올리며 말했다. 선하는 크게 숨을 내뱉었다. 선하는 우현의 행동을 묵인했다. 그것은 암묵적인 동의였다. 우현은 의도적으로 럭키 카운터를 움직였고, 놈들은 우현이 생각했던 대로 움직였다.

막시언이 어떤 종류의 사람인지는 충분히 알고 있었다. 놈이 원하던 것은 돈이 아니었다. 돈을 원했다면, 놈은 뒤로 밀려났을 때에 망설임 없이 은퇴했을 것이다. 하지만 막시언은 은퇴하지 않았다. 오히려 뒤로 밀려나자 더욱 악을 쓰며 다시 정상이 되려 발악했다.

노회한 척 했지만 단순했어. 그래서 부추기기 쉬웠다.

"네가 책임을 느낄 필요는 없다고 했었지."

우현은 문고리를 잡았다.

"내가 그 새끼들 좆같아서 저지른 일이니까."

문을 열었다.

호화로운 1인실. 김상규는 그곳에 누워 있었다. 멍한 눈으로 TV를 보고 있던 김상규는, 병실의 문이 열리자 퍼뜩 놀라 문쪽을 돌아보았다.

"뭐, 뭐야?"

김상규는 문쪽에 서있는 우현과 선하를 보면서 말을 더듬거렸다. 우현은 말없이 손에 들고 있던 과일 바구니를 김상규가 볼 수 있도록 위로 들어 흔들었다.

"병문안입니다."

우현이 웃으며 대답했다. 김상규는 꿀꺽 침을 삼켰다. 그는 자신도 모르게 발을 끌어 뒤로 물러서려 했으나, 다리가 잘려버렸으니 발을 끄는 것은 불가능했다.

'씨발….'

김상규는 욕설을 삼켰다. 꼴이 우습게 되었다. 그래도 목숨은 건져서 다행이지. 자신이 본 지옥을 떠올리면서 김상규가 몸을 부르르 떨었다.

"몸은 좀 괜찮습니까?"

우현은 능청스러운 얼굴을 하고서 그렇게 물었다. 김상규는 우현의 얼굴을 보고 꿀꺽 침을 삼켰다. 그는 머뭇거리며 입을 열었다.

"예, 예."

그런데 이 새끼들은 대체 왜 온 거야? 병문안을 올 의리는 없을 텐데. 김상규는 이불을 끌어 올려 자신의 다리를 가렸다. 우현은 텅 빈 김상규의 하반신을 힐끗 보았다.

"험한 일을 당하셨다던데."

"…보면 알지 않습니까."

김상규가 미간을 찡그리며 대답했다. 우현은 피식 웃으며 의자를 끌어다 김상규의 옆에 앉았다. 김상규는 우두커니 선 선하와 곁에 앉은 우현을 노려보면서 미간을 찡그렸다.

"…대체 무슨 볼 일로 온 겁니까?"

김상규가 내뱉었다. 우현은 대답하지 않고 과일 바구니를 옆의 선반에 올려 놓았다. 그는 포장된 사과를 꺼내더니 김상규 쪽을 힐끗 보았다.

"드시겠습니까?"

"무슨 볼 일로 온 것이냐고 물었습니다."

"일단 깎겠습니다."

우현은 김상규의 말을 무시하고 아공간에서 단검을 꺼냈다. 김상규는 얼굴을 일그러트리고서 사과를 깎는 우현을 노려보았다. 능숙한 솜씨로 사과를 깎는 우현을 향해 김상규가 참지 못하고 내뱉었다.

"왜 와서 지랄…."

"김상규씨."

우현이 김상규의 말을 끊었다. 김상규의 얼굴이 굳었다.

"내가 호구로 보입니까?"

우현이 소곤거렸다. 그 말에 김상규의 얼굴이 창백히 질렸다.

"대체 무슨…."

김상규가 말하게 내버려 두지 않았다. 우현은 매끄럽게 깎인 사과 껍질을 내려놓고, 발가벗은 사과에 칼날을 눌렀다. 김상규의 등골에 식은땀이 흘렀다.

"내가 모를 줄 알았습니까?"

분위기가 바뀌었다. 김상규는 입술을 꾹 다물고 우현을 노려보았다. 우현은 김상규의 시선을 받아 넘기면서 웃었다.

"서커스한테 사주한 것. 김상규씨 아닙니까?"

"가, 갑자기 무슨…."

김상규가 퍼뜩 놀라 내뱉었다. 그는 자신도 모르게 주먹을 쥐었고, 우현은 그의 표정이 변하는 것을 놓치지 않았다. 우현은 손에 쥐고 있던 단검을 빙글 돌렸다.

"뭐, 탓하고 싶은 마음은 없습니다. 댁이 나를 죽이려고 몇 번이나 사주했지만, 나는 죽지 않았으니까."

"…무슨 말을 하는 것인지 모르겠군요. 나는 그런 일이…."

"아가리 닥치십시오."

우현이 소곤거렸다. 그는 칼날로 자른 사과를 찍었다. 그리고서는 사과가 꽂힌 칼날을 김상규에게 들이 밀었다.

"입 놀리지 말고 사과나 드시고."

"…증거도 없는 주제에 사람 압박하면, 뭐 답이 나옵니까?"

"증거 찾으시기는. 그거 드라마나 영화에 나오는 단골 패턴 아닙니까. 범인이 자기 죄 부정하면서 증거 찾는 거."

우현이 낮은 웃음을 흘렸다.

"굳이 서커스 일 뿐만이 아니라, 김상규씨. 이런 저런 구린 일 많이 하지 않았습니까. 제네시스 건도 그렇고."

"…뭐요?"

"제네시스와 럭키 카운터의 관계는 방송에서 내가 떠들었고. 그것도 막시언이 뒈져버려서 묻히긴 했습니다만."

"…제네시스라니, 대체 무슨 말을 하는 겁니까? 하나도 모르겠…."

"선하가 들었답니다."

안 먹습니까? 우현은 김상규의 입술 바로 앞에 들이민 칼날을 흔들며 물었다. 김상규는 머뭇거리면서 입을 벌렸다. 칼 끝에 박힌 사과를 입에 넣고 씹었다.

"그 날, 장례식에서. 당신이 쪼개는 것. 사람은 줄을 잘 서야 된다고, 줄 잘못 서면 저렇게 뒈지는 것이라고 쪼개는 것."

내가 그런 말을 했던가. 김상규는 기억을 더듬었다. 2년 전 일이다. 큰 사건도 아니었고, 대단한 말을 한 것도 아니다. 당연히 기억나지 않았다. 김상규는 선하 쪽을 힐끗 보았다. 선하가 혐오스럽다는 표정을 짓고 있었다.

자, 그럼. 뭐라고 대답을 할까. 김상규는 우적거리며 사과를 씹었다. 모른다고 할까? 변명을 할까. 미안하다고 할까. 일단은 증거. 하는 말 들어 보니 저쪽은 심증밖에 없다. 이쪽이 잡아 때면 그만이다.

'새끼가. 설마 좆같다고 나 죽이려 들겠어?'

그건 범죄다. 김상규는 천장의 한쪽 구석에 붙은 cctv를 힐끗 보았다.

"…모르는 일입니다."

김상규는 사과를 씹어 삼켰다. 선하가 그럴 줄 알았다는 듯이 피식 웃었고, 우현도 마주 웃었다.

"그렇게 대답할 줄 알았습니다."

이쪽이 쥐고 있는 패가 없다. 명확한 증거는 어디에도 없고, 죄다 심증일 뿐. 막시언이 정말로 제네시스의 몰살을 의도했는가. 김상규가 막시언 측에 붙어서 그를 도왔는가. 김상규가 서커스를 통해 우현을 죽이려 들었는가.

증거는 없다. 당시의 일을 알고 있는 막시언은 뒈졌고, 김상규는 입을 다물고 모르쇠로 일관하고 있다. 세르게이에게도 물어보았지만, 그 역시 서커스를 통해 우현을 죽이라 사주한 이가 누구인지 모른다.

굳이 알 필요는 없다.

"그거 압니까?"

김상규가 솔직히 털어놓을 것이라고는 애초에 생각하지 않았다.

그가 저렇게 나오는 것을 보니 오히려 마음이 편했다.

"당신이 받은 마석. 제가 보낸 겁니다."

우현이 웃으며 말했다. 그 말에 김상규의 얼굴이 순간 멍해졌다. 김상규가 입술을 뻐끔거렸고, 우현은 의자를 뒤로 빼며 몸을 일으켰다.

"생각했던 대로 잘 움직이셨더군요. 마석 팔고, 돈 챙기고, 던전 들어가고. 기왕이면 당신까지 뒈지는 것을 바랐습니다만, 뭐… 생각보다 운이 좋으셨나 보네. 그래도 다리 없는 병신 되었으니, 저는 나름 만족합니다."

"이… 이…."

뒤늦게 우현의 말을 이해한 김상규의 얼굴이 벌겋게 달아올랐다. 우현은 자신을 손으로 가리키며 말을 더듬는 김상규를 향해 활짝 웃었다.

"돈 많이 벌었잖습니까? 그 돈으로 잘 사십쇼. 허튼 짓 하지 마시고."

우현은 몸을 숙여 김상규의 귓가에 소곤거렸다. 김상규의 몸이 부르르 떨렸다.

"목숨 소중한 줄은 아실 것 아닙니까. 그러니까… 조용히. 깝치지 말고. 그렇게 사십쇼. 당신이랑은 더 이상 마주쳐서 얼굴 붉히고 싶지 않으니까."

"…이런 씨…."

"그리고 예전부터 생각했던 건데."

우현의 손이 김상규의 어깨를 잡았다. 꾹 누르며 압박하는 힘에 김상규는 헛바람을 들이켰다.

"당신은 입이 너무 험해."

우현은 시선을 내려 김상규의 얼굴을 노려보았다.

"혹시나 해서 다시 말 하는데. 허튼 수작 부리지 맙시다. 이것으로 서로 묵은 것 있으면 다 털어내자고요. 만약 댁이 허튼 짓 하면… 내가 무슨 수를 쓰더라도 당신 죽여버릴 테니까."

"으…"

어깨가 욱신거렸다. 김상규는 버둥거리면서 우현의 손을 떨쳐내려고 했지만, 우현은 김상규를 놓아주지 않았다.

"내가 몬스터도 잘 잡기는 하는데, 사람도 잘 잡거든. 아마 몬스터보다 사람을 더 잘 잡을 거야. 그거 확실히 알고 계시라고."

우현이 한 걸음 뒤로 물러섰다. 그 순간 김상규의 시야에서 우현이 사라졌다. 김상규는 기겁하여 입술을 벌렸다. 그는 문 쪽에 가서 서있는 우현을 발견하고 식은 땀을 흘렸다.

"텔레포트 능력. 이게 굉장히 편리하거든요. 무슨 말인지 알겠습니까?"

흑기사의 마석을 흡수하면서, 우현은 흑기사의 능력을 갖게 되었다. 본래 우현의 능력은 몬스터가 아닌 인간에게서는 마석을 뽑아낼 수 없었다. 하지만 흑기사의 능력을 얻으면서 그것이 가능해졌다.

우현은 그 날, 발할라에서 죽은 모든 헌터의 몸에서 떠오른 붉은 구체를 흡수했다.

김상규는 창백한 얼굴로 우현을 바라보았다. 무슨 말인지 이해했다. 텔레포트 능력을 가지고 있다면 우현은 세상에서 제일 뛰어난 암살자가 된다. 식은땀이 흥건한 등이 얼음장처럼 차갑게 느껴졌다. 김상규는 간신히 입꼬리를 올려 웃었다.

"…무, 무슨 말을 하는 것인지는 모르겠지만…."

김상규는 손을 뻗어 선반 위에 올려진 사과를 집었다. 그는 입을 크게 벌려서 껍질도 깎지 않은 사과를 베어 물었다.

"…와주셔서 고맙습니다. 내가 사과를 좋아하는 것은 어찌 알고…."

"몸조리 잘 하십시오."

우현은 그런 김상규의 반응을 보고서 피식 웃었다. 그는 문을 돌려 문고리를 잡았다. 그는 우두커니 선 선하를 힐끗 보았다. 선하는 아무런 말도 하지 않고 김상규를 노려보고 있었다.

"선…."

우현이 그녀를 부르려는 순간이었다. 성큼 다가간 선하가 김상규의 뺨을 후려쳤다. 커다란 소리와 함께 김상규의 얼굴이 홱 돌아갔다.

"억!"

채 씹지 못한 사과가 튀어나갔다. 선하는 다시 손을 들어 김상규의 뺨을 한 대 더 갈겼다.

"쓰레기 새끼."

선하가 내뱉었다. 그녀는 손을 툭툭 털며 몸을 돌렸다. 그리고는 개운한 얼굴로 숨을 내뱉었다.

"가자."

선하의 말에 우현은 뺨을 긁적거렸다. 김상규는 얻어맞은 뺨을 감싸 쥐며 신음을 흘렸고, 우현은 어깨를 으쓱거렸다.

문을 열고 밖으로 나갔을 때, 선하는 머리를 벅벅 긁었다. 힐끗 본 선하의 얼굴은 착잡함과 어떤 미련이 뒤섞여 있었다. 우현이 뭐라고 말을 하기 위해 입술을 열었다.

"이걸로 됐어."

선하가 우현의 말을 끊었다.

"…더 뭘 할 수도 없고. 나는 이거면 충분해."

그 대답에 우현은 입술을 다물었다. 선하가 만족했다

면 더 이상 우현이 할 일은 없었다. 막시언은 죽었고, 김상규는 다리 잘린 병신이 되었다. 우현은 천천히 머리를 끄덕거렸다.

"…그러면 됐어."

우현은 웃으며 선하의 어깨에 손을 얹었다. 선하의 아버지와 이전 제네시스 길드에 얽혔던 은원은 해결되었다.

그리고 다음은.

그 다음은.

66번 던전, 라그나뢰크.

우현은 입술을 다물고 던전의 입구를 노려보았다. 데루가 마키나는 시간의 제한을 주지 않았다. 다만, 반드시 들어갈 것. 그것이 데루가 마키나가 건 조건의 전부였다.

한 달.

우현은 충분히 준비했다. 발할라의 참극을 반복하고 싶지 않았다. 할 수 있는 모든 공을 들였다.

아니, 생각만 그렇게 할 뿐이다. 마음 같아서는 조금 더. 아직은 부족하다. 준비는 아무리 해도 부족하다 느껴. 이번의 경우에는 더욱 그래.

당연한 일이다. 마지막 던전이다. 우현은 던전을 올려보았다. 이 안에 웅크린 괴물이 얼마나 대단한 존재인지

감이 잡히지 않는다. 한 번 떠볼 생각으로 김상규를 통해 대량의 마석을 전달했지만,

마석을 전달받은 럭키 카운터 연합은 10분을 버티지 못하고 패주했다. 전멸에 가까운 타격을 입었다. 그런 전례가 있었기에 더욱 공을 들이기는 했다만.

'시간이 부족해.'

한 달로는 턱없이 모자라. 못해도 몇 달. 저 안의 괴물이 바깥으로 나오지 않는다면, 차라리 준비를 더 할 수 있었을 텐데.

무의미해.

시간은 더 이상 주지 않는다. 우현을 재촉한 것은 그의 안에 둥지를 튼 괴물이었다. 우현은 매일 꿈을 꾸었다. 꿈 안에서 괴물은 우현을 앞으로 떠밀었다. 네임드 몬스터의 카운트가 줄어들 듯, 놈은 악몽 속에서 숫자를 노래했다. 숫자는 매일 줄어들었고,

오늘 0이 되었다. 데루가 마키나는 더 이상 우현에게 유예를 주지 않았다. 그것의 말을 어길 때에 무슨 일이 벌어질지, 우현은 확실하게 직감했다.

나는 죽는다. 나뿐만이 아니야. 몰살이다.

더 이상의 준비는 네 욕심이야.

데루가 마키나가 소곤거리는 소리가 들렸다. 우현은 지끈거리는 머리를 손으로 움켜잡았다.

네 곁에 있는 누군가를 죽이고 싶지 않으니 시간을 끄는 것이지.

나는 너에게 불멸을 주었지만, 다른 헌터는 아니야. 준비가 부족하다면 너는 죽지 않아도 다른 헌터는 죽겠지.

너는 그것이 보고 싶지 않으니까, 시간을 끌고 있어. 아니면 잠깐의 평화에서 안식이라도 찾고 싶은 거야?

'입 닥쳐.'

우현은 까득 이를 갈았다. 놈은 나를 너무 잘 알고 있어. 그야 당연한 말이다. 데루가 마키나는 우현의 안에 둥지를 틀었다. 그 괴물은 우현이 무슨 생각을 하는지, 우현이 어떤 감정을 느끼는지 정확히 보고 있다. 그러니 음모는 불가능해.

"괜찮나?"

등 뒤에서 질문이 날아왔다. 우현은 머리를 돌렸다. 완전 무장한 안토니가 우현을 보고 있었다. 우현은 묵묵히 머리를 끄덕거렸다. 50명.

너무 적어.

데루가 마키나가 소곤거렸다. 입 좀 닥치고 있어. 우현는 움켜 쥔 머리카락을 당겼다. 데루가 마키나가 원하는 것은 방패였다. 동시에 시선을 빼앗을 수 있는 많은 벌레. 괴물에게 있어서 헌터, 인간의 목숨이란 그 정도

밖에 되지 않는다.

어차피 너희는 그 정도의 도움밖에 되지 않아. 인간이 신을 죽인다니, 말도 안 되는 말이지.

괴물이 신을 죽이는 것은 가능하고? 우현이 이죽거리며 받아쳤다. 데루가 마키나는 낄낄거리고 웃기만 했다. 좋을 대로 떠들어. 우현은 손을 내렸다. 손가락 사이에 엉킨 머리카락이 거슬렸다.

죽어야 한다면, 그것이 최선이라면. 피해를 최소한으로 줄여야 해.

우현이 선택한 노선은 그것이었다. 아무리 마석을 생산한다고 해도 모든 헌터에게 마석을 공급할 수는 없다. 그러니 수를 오십으로 제한했다. 여태까지 함께 던전을 공략하며 살아남은 헌터들을 그 대상으로 삼았다.

'당신들은 죽을 거야.'

모두 죽던가. 그를 피해도… 큰 피해가 나겠지. 데루가 마키나에게 매달릴 수밖에 없다. 괴물을 죽일 수 있는 것은 괴물 뿐이야.

"…돌아갈 사람은 돌아가도 좋습니다."

몇 번이고 주었던 기회. 하지만 돌아가는 사람은 없다. 우현은 선하와 시헌을 바라보았다. 최소한. 우현은 저 둘이 따라오지 않기를 바랐다. 몇 번이고 둘을 설득했다. 이번 던전은 위험하다고. 다 죽어버릴 지도 모른다고.

괜찮아요.

시헌은 웃으면서 그런 대답을 반복했다. 우현은 시헌에게 죄책감을 가졌다. 그의 텅 빈 팔을 볼 때마다. 소파에 홀로 앉은 그를 볼 때마다. 그 곁에 앉아 깔깔거리며 웃던 민아가 없다는 것을 새삼 느꼈다. 멍하니 앉아 있는 시헌의 곁에는 민아가 있는 것이 어울린다고, 그렇게 생각하고.

미안해서.

갈 거야.

선하는 고집스레 그렇게 대답했었다. 매일 밤, 그녀는 우현의 품에 안겨서 몸을 떨었다. 우현은 떨리는 선하의 어깨를 손으로 감싸쥐며 그녀가 품은 두려움을 보았다. 막시언이 죽고 김상규가 병신이 되면서 선하의 오랜 바람은 이루어졌다.

그러니 얌전히 만족하고 멈추면 좋을 텐데.

우현은 말없이 몸을 돌렸다. 일렁거리는 게이트를 노려보았다. 선하의 복수는 이루어졌다.

—그러면, 나는? 나는.

우현의 발이 뻗어졌다.

복수라니. 애초에 복수할 대상도 없었어. 그가 정말 김호정이었다면 데루가 마키나에게 복수해야 하겠지만. 그는 김호정이 아니었다. 데루가 마키나는 우현에게 있어서 복수의 대상이 아니었다.

그렇다면 나는 누구에게? 왜 나는 헌터가 되었지? 무엇을 목적으로? 우현의 발이 게이트를 지났다.

판데모니엄은 문명의 멸망을 목적으로 만들어진 시스템이다. 데루가 마키나는 그 시스템의 핵심인 파괴자였다. 그것을 만든 것은 누구지. 창조주다. 창조주가 문명의 파괴를 마음먹었기에 판데모니엄이 만들어졌다.

그렇다면 모든 근원은 창조주로군. 맞아. 데루가 마키나가 긍정했다. 그 위대한 존재가 판데모니엄을 만들지 않았다면, 이런 일이 생기지도 않았겠지. 강제로 파괴하여 다시 재생하라니. 결국 반복일 뿐이야.

그러니 끊어버려. 데루가 마키나가 우현의 등을 떠밀었다.

붉은 하늘이 펼쳐졌다.

또 황혼이로군. 우현은 하늘을 올려 보았다. 발할라 때와 똑같아. 마치 당장이라도 해가 저물 것 같은 하늘. 우현은 천천히 주변을 둘러보았다. 연출이 적어. 발할라 때처럼 기둥으로 이어진 길은 없다. 그저 텅 빈 공간만 있을 뿐. 시체는? 우현은 자연스럽게 그를 찾았다. 럭키 카운터 연합이나, 다른 길드의 공격대가 전멸하여 만들어진 시체가…

없다.

아무 것도 없었다. 설마 다 먹어버렸다거나. 창조주라고 했잖아. 먹어도 되는 거냐.

드디어, 드디어.

심장이 빨라졌다. 데루가 마키나가 흥분하는 것이 그대로 전해졌다. 가만히 있어. 우현은 자신의 가슴을 붙잡았다. 방해하지 마. 엔진이 올라가니까. 우현은 숨을 내뱉었다.

하늘이 어둡게 물들었다. 공격대 전원이 게이트를 지났다. 우현은 아무런 명령도 내리지 않고 위를 올려 보았다. 어둠이 순식간에 걷혔다.

환한 날개가 빛을 발했다. 아래를 내려 보는 눈은 투명하게 반짝거렸다. 저건, 용인가.

용은 대부분의 신화에서 등장하지. 때로는 신성한 무언가로, 혹은 사악한 무언가로. 용은 뱀이기도 해. 유명한 신화지? 아담과 이브, 에덴 동산, 선악과.

가장 오래 된 짐승. 선하기도 하고, 악하기도 한. 때로는 인간의 적으로, 때로는 인간의 아군으로. 인간을 위하기도 하고, 벌하기도 해.

"그럴 듯한 모양새야."

우현이 중얼거렸다. 용의 발이 땅에 닿았다. 펼친 날개는 접지 않았다. 용은 아무런 말도 하지 않았고, 모두가 긴장한 얼굴로 그것을 올려 보았다.

"…왜 아무 말도 안 하지?"

창조주는 그런 존재야.

창조주는 피조물과 소통하지 않아.

데루가 마키나가 소곤거렸다. 우현은 나젤링을 들어 올렸다. 우현은 슬며시 앞으로 걸었다. 창조주의 꼬리가 움직였다.

몸이 붕 떠올랐다.

무슨 일이 일어난 것인지, 순간 파악하지 못했다.

"어?"

입술 사이에서 그런 목소리가 새어나왔다. 자신의 목소리였다. 울컥거리며 피가 튀었다. 아래를 내려 보았다. 지면이 멀다.

그리고 다리가 없어. 겨우 일격인데, 버티지 못했다. 장난하지 마. 우현은 어이가 없어서 웃었다.

이런 괴물을 어떻게 잡으라는 거야.

"잡는 것은 나야."

가슴 속에서나 소곤거리던 목소리가 현실이 되었다. 두근거리며 가슴이 크게 뛰었다. 불투명한 무언가가 우현의 가슴에서 솟구쳤다. 검은 머리카락이 크게 출렁거렸다. 우현의 눈이 가늘게 떨렸다.

"네 역할은 버티는 것. 저 벌레들을 데리고서 발끝을 물어뜯어. 그 정도면 충분해."

우둑거리는 소리.

"나는 네게 불멸을 주었어. 너는 죽지 않아. 죽어도, 죽어도. 몇 번이고 다시 살아날 거야. 저기에 모인 벌레들이 죄다 죽어버려도 너는 마지막까지 살아남겠지."

데루가 마키나의 모습이 변화했다. 그것은 거대한 괴물이 되었다. 시커먼 비늘을 가진 용이었다. 놈은 수십 개의 날개를 활짝 펼쳤다.

[그러니, 살아서 봐.]

괴물이 포효했다. 공간을 뒤흔들 정도의 끔찍한 소리였다. 그 소리에 맞서 창조주가 울음을 터트렸다. 데루가 마키나는 여덟 개의 눈을 번뜩거리며 창조주를 내려보았다.

[내가 영광스러운 존재가 되는 것을.]

"커헉!"

우현의 몸이 땅으로 떨어졌다. 땅을 뒹군 우현은 욱신거리는 통증에 까득 이를 갈았다. 상처가 재생되기 시작했다. 박살난 다리가 빠르게 형태를 갖추었다. 뼈가 만들어졌고 그 위에 근육과 혈관이 얽혔다. 피부가 덮은 뒤, 형태를 잃고 박살났던 갑옷마저 원래대로 돌아왔다.

"…빌어먹을. 쓸데없이 편리하기는."

우현은 욕설을 뱉으며 몸을 일으켰다.

"저, 저게 뭐야…?"

누군가가 중얼거렸다. 급히 다가 온 선하가 우현을 부축했다.

"…너… 상처가….".

"나중에."

우현은 몸을 일으켰다. 감각이 조금 더디다. 우현은 얼굴을 일그러트리면서 위를 올려 보았다. 데루가 마키나가 거대한 발톱을 휘둘러 창조주를 내리 찍었다. 창조주가 입을 벌려 커다란 포효를 터트렸다. 그것만으로 데루가 마키나의 몸이 뒤로 밀려났다.

"괴물이야."

우현이 대답했다. 그는 비틀거리며 앞으로 나아갔다. 그는 가슴에 손을 얹었다. 그래도 다행이다.

데루가 마키나가 몸에서 나가 주었어.

더 이상 놈의 감시를 신경 쓸 필요는 없다.

"…지금이라도 늦지 않았어. 도망치려거든 도망 가."

"…이건 조금 도망치고 싶은데."

세르게이가 중얼거렸다. 괴물의 다툼이다. 인간이 끼어들 곳은 없다. 선하는 굳은 얼굴로 머리를 흔들었고, 시헌은 거친 숨을 크게 토해냈다.

"안 가요."

시헌이 대답했다. 뻔한 대답이었다. 다리의 감각이 돌아왔다. 우현은 무릎을 굽혔다.

"...형이라고 부를 거면 말 좀 들어라."

그 대답에 시헌이 씩 웃었다. 그 웃음을 보고서 우현은 다른 말을 할 수가 없었다. 시헌의 웃음은 민아의 웃음과 닮아 있었다. 민아가 마지막으로 지었던 웃음과.

'버려.'

잡념을 지운다. 이미 전투는 시작되었다. 괴물들의 악다구니가 들렸다. 창조주나 파괴자나 똑같아.

인간이 보기에는 그냥 괴물이야.

크게 벌린 입이 목을 물어뜯으러 다가왔다. 그 안을 메운 셀 수 없이 많은 이빨들이 제들끼리 맞부딪히며 딱딱거렸다.

콰득!

다물린 입을 피해 목을 꺾었다. 휘두른 발톱이 가슴을 할퀴었다. 날개가 퍼덕거렸다.

휘두른 꼬리가 달라붙은 데루가 마키나를 떨쳐냈다. 창조주는 크게 벌린 입을 데루가 마키나에게 향했다. 크게 들이 마신 호흡이 뱉어졌을 때, 그것은 숨결이 아닌 광선이 되었다. 데루가 마키나의 날개 중 몇 개가 그 광선에 덮쳐져 사라졌다. 데루가 마키나의 입에서 커다란 비명이 터졌다.

조심스럽게 이동하는 헌터들은 괴물의 싸움을 올려보면서 질려버렸다. 크기만 해도 초대형에 육박하는 괴물들이다. 저런 괴물을 상대로 인간 몇 십 명이 덤벼 봤자 무엇을 할 수 있을까. 당랑거철. 흔한 비유지만 이 경우에는 비유만도 못하다. 저 괴물들에게 있어서 인간은 사마귀보다 못하고, 저들 역시 수레바퀴보다 강할 테니까.

"돌아갈 사람은 돌아가도 좋다고 몇 번이나 말했다."

말을 뱉은 것은 안토니였다. 그는 자신의 길드인 카멜롯을 돌아보았다. 그의 얼굴은 뻣뻣이 굳어 있었다.

"이건 자살 행위야."

그렇게 말하는 주제에 안토니는 검을 꽉 쥐고 있었다. 안토니는 도망칠 생각이 없었다. 이 던전이 마지막이다. 저 괴물을 쓰러트린다면 세계는 멸망하지 않는다.

"헐리우드 영화도 아니고."

세르게이가 웃음을 흘렸다.

"우리가 뭐, 인류를 구하는 영웅이야? 저 괴물은 어벤져스가 와도 막지 못할 걸."

그렇게 투덜거렸지만, 애초에 세르게이에게 도주라는 선택지는 존재하지 않았다. 멸망하던 멸망하지않던 그는 결국 범죄자다. 혹여 저 괴물을 쓰러트리는 것이 실패한다면 세계는 멸망할 것이고. 성공한다면 평생 범죄자로서 도망 다녀야 겠지.

"…이거, 삭감해주려나."

멸망을 막는 것에 한 손 거들었다 하면 사형은 면할 수 있지 않을까. 세르게이는 혀를 차면서 여동생인 발레리아를 힐끗 보았다.

"너는 뒤로 빠져 있어. 뒈지지 않도록 목숨 챙기라고."

"병신같은 소리 하지 마."

발레리아가 미간을 찡그리며 답했다. 세르게이는 그 대답에 허허 웃었다.

"성격 더러운 건 똑 닮았군."

그는 그렇게 투덜거리면서 앞쪽에 있는 우현을 힐끗 보았다. 잠시 우현의 등을 보던 그는 서로 뒤엉켜 물어뜯는 두 마리의 괴물을 보았다.

'저 시커먼 괴물이 저 새끼의 몸 안에서 튀어나왔지.'

일이 어떻게 돌아가는 것인지 알 수가 없잖아. 일단 목숨 챙기는 것을 최우선으로 하고… 저런 거구를 상대로 탱킹을 하라니. 말 같잖은 소리야.

"댁은 안 튈 거요?"

세르게이가 안토니를 힐끗 보면서 물었다. 안토니는 투구를 눌러 쓰면서 검을 쥐었다.

"도망쳐서 뭐 하나."

안토니가 대답했다.

"이리 죽나 저리 죽나 똑같다면, 발악이라도 해보는 편이 낫지."

"그럼 열심히 발악하쇼."

세르게이가 이죽거렸다.

"나는 살려고 발악할 테니까."

우현은 데루가 마키나와 창조주의 다툼을 주의깊게 바라보았다. 똑같은 용의 모습을 하고 있었지만, 그렇다고 해서 둘이 똑같이 생긴 것은 아니었다. 데루가 마키나 쪽이 보다 괴물에 가깝다.

'특히 우세한 것도 아니지만.'

문명을 멸망시켜 온 파괴자에 걸맞게, 데루가 마키나는 창조주를 계속해서 압박하고 있었다. 하지만 창조주 역시 데루가 마키나에게 일방적으로 밀리는 것은 아니었다. 오히려 창조주의 반격에 데루가 마키나가 피해를 입고 있었다. 창조주의 발톱이 데루가 마키나의 가슴을 크게 할퀴었다. 두꺼운 비늘이 뜯겨져 날아가고 시커먼 피가 솟구쳤다.

하지만 그 상처는 곧바로 수복되었다. 호정의 기억을 더듬는다. 수백 명의 헌터가 데루가 마키나를 공격했을 때. 헌터들의 공격은 데루가 마키나에게 그 어떤 피해도 주지 못했다. 학살에서 몰살로, 그리고 문명은 사라졌다.

그런 괴물을 상대로 오십 명의 헌터가 할 수 있는 일이 무엇이 있을까. 발악? 데루가 마키나가 바라는 것이 그것이었지. 자신이 창조주를 끝낼 수 있도록, 목숨을 바쳐 틈을 만들라는 것.

말은 쉽지. 우현은 발뒤꿈치를 들어 올렸다. 인간의 목숨은 하나다. 죽으면 그것으로 끝이다. 여기서 유일한 예외를 갖는 인간은, 데루가 마키나에게서 불멸을 부여 받은 우현 뿐이다. 그렇다면 결국 그가 몇 인분의 몫은 해 줘야 한다는 것이다.

그렇다면 과감하게 들어가야 한다. 우현의 눈이 창조 주를 보았다. 흑기사의 능력으로 전해 받은 민아의 텔레 포트는 완전히 익숙해졌다. 사용하는 것에 아무런 어려 움도 없다.

그러니 펼쳤다. 순식간에 보는 풍경이 뒤바뀌었다. 공 중에 떠오른 우현은 창조주의 눈 바로 앞에 와 있었다. 하얗게 빛나는 창조주의 눈이 우현을 보았다.

"으득!"

입술을 꽉 다물고 나겔링을 두 손으로 잡았다. 그대로 추락하면서 검끝을 아래로 세웠다. 그대로 내리 찍는다. 그런 이미지를 그렸고, 몸은 충실히 이미지에 따라 주었 다. 스위치가 반전되었다. 일검에 전력을 실었다.

콰득!

실패했다. 우현의 몸이 공중을 날았다. 뭘 처 맞은 거 야? 흐려지는 시야를 돌렸다. 꼬리. 날벌레를 쫓듯이 창조주가 꼬리를 휘둘렀고, 그에 얻어맞은 것이다.

'장기가….'

주요장기가 박살났다. 하지만 죽지 않아. 지금 이 순간에도 박살난 장기가 재생하고 있는 것이 느껴졌다. 우현은 간신히 안개를 끌어냈다. 다행히 데루가 마키나는 우현이 몸을 던져 만든 틈을 정확히 파고들었다. 쩍 벌린 데루가 마키나의 입이 창조주의 목을 물어뜯었다.

크게 벌린 창조주의 입에서 고통스러운 비명이 터졌다. 길게 뻗은 안개가 버둥거리는 창조주의 눈을 내리찍었다. 뚫었나? 아니, 뚫지 못했어. 눈꺼풀에 막히다니, 그건 너무하잖아. 텔레포트 능력을 펼친 덕에 추락사는 면했다.

버둥거리던 창조주의 눈이 번뜩 뜨였다. 공간이 일그러졌다.

튀어나온 괴물이 데루가 마키나의 목을 물어뜯었다. 데루가 마키나가 몸을 버둥거렸다. 목을 물어뜯은 괴물은 데루가 마키나가 휘두른 손톱에 찢겨 허무히 무너졌다.

그 틈에 창조주는 데루가 마키나에게서 벗어났다. 물어뜯긴 상처에서 새하얀 피가 흘러내렸다. 백색으로 빛나는 날개가 활짝 펼쳐졌다. 일렁거리는 공간의 균열이 커졌다.

"미친."

우현이 중얼거렸다. 공간의 균열에서 튀어나온 것은 몬스터들이었다. 거대한 몬스터가 휘청거리며 균열을 걸어 나왔다. 그것은 거대한 골렘이었다.

〈레오스〉

네임드 몬스터다. 한 번도 본 적이 없는 몬스터였지만, 놈은 거대한 주먹을 휘둘러 데루가 마키나를 공격했다. 데루가 마키나의 날개가 크게 퍼덕거렸다. 시커먼 어둠이 날갯짓에 화답하여 휘둘러졌다. 그것은 공중에서 쏟아진 폭격처럼 레오스의 몸을 박살냈다.

[보고만 있을 거야?!]

머릿속이 찌릿 울렸다. 데루가 마키나의 목소리였다. 그제 서야 우현은 자신을 비롯한 헌터들이 무엇을 해야 할 지를 명확히 알았다.

창조주는 네임드 몬스터를 불러내지만, 데루가 마키나에게 그런 능력은 없다. 그녀 본신의 힘이 창조주와 비슷하다고 쳐도 저런 식으로 추가 지원이 들어온다면, 데루가 마키나는 끝내 죽임 당하고 말 것이다.

그러니 이쪽에서 데루가 마키나를 지원해야 한다.

'방어벽이 없어.'

데루가 마키나의 공격에 무너지는 레오스와, 다른 네임드 몬스터를 보면서 우현은 추측했다. 추측으로는 부족해. 몸을 움직였다. 텔레포트로 이동한 우현은 사자의 머리를 가진 거대한 괴물의 눈동자 앞에 섰다. 놈의 눈이 우현을 보고, 입술을 벌려 이를 드러내는 순간.

나겔링을 휘둘렀다. 시커먼 칼날이 놈의 목을 파고들었다. 뼈에 걸리는 느낌을 무시하고 더욱 깊이 눌렀다. 뼈가 끊어지고 살을 가르는 감각이 생생히 느껴졌다.

방어벽이 없다. 그것이 확신으로 바뀌었다. 사자의 목이 잘려 떨어졌다. 방어벽이 없다면 네임드 몬스터와의 전투는 장기결전에서 단기전으로 바뀐다. 공격대 소속 헌터들이 가진 무력은 한 명 한 명이 네임드 몬스터를 감당할 수 있을 정도로 불렸다. 방어벽만 없다면 네임드 몬스터라고 해도 일반 몬스터를 상대하듯이 쓰러트릴 수 있다.

굳이 명령을 전달할 필요는 없었다. 그들 모두가 우현을 보고 있었고, 쓰러지는 사자를 보았다. 그것으로 이해를 얻기에는 충분했다. 누가 먼저랄 것 없이 모두가 달렸다. 엉켜 싸우는 저 두 괴물은 감당할 자신이 없어도, 이름을 가진 네임드 몬스터라면 여태까지 숱하게 사냥해 온 그들이다.

'흑기사보다 약해.'

굳이 비교하자면 시크릿 던전에서 마주쳤던 라플라시아 정도. 지금의 우현은 그때와 비교할 수 없을 정도로 강해져 있었다. 텔레포트 능력을 가지고 있으니 아무리 높은 곳에 있는 놈도 쉽게 목을 베어낼 수 있다. 안개가 칼날처럼 주변을 할퀴었다.

폭발음이 터졌다. 시헌의 공격이 대형 몬스터의 다리를 박살냈다. 휘청거리며 넘어지는 놈을 향해 다른 헌터들이 달려들었다. 그들은 고함을 지르며 검을 내리 찍어 가슴을 찢고, 무기를 목에 박아 넣었다. 시커먼 독에 감싸인 선하의 검은 스치기만 해도 작은 절단면에서 독을 증식시켰다.

헌터들이 적극적으로 개입하면서 데루가 마키나는 다시 기세를 되찾았다. 놈은 고립된 창조주를 악귀처럼 덮쳤다. 시커먼 날개가 퍼덕거리며 검은 빛을 흩뿌렸다. 내리 찍은 발톱이 창조주의 가슴을 노렸다.

고립되었다 하더라도 데루가 마키나가 압도적인 우위에 선 것은 아니었다. 데루가 마키나가 창조주의 몸을 할퀸다면, 창조주 역시 데루가 마키나의 몸을 할퀴었다. 파괴자와 창조주가 뒤엉켰다. 라그나뢰크라는 던전의 이름과 걸맞게 그들은 처절히 서로를 물어뜯었다.

몬스터는 끝없이 쏟아져 나왔다. 그새 익숙해진 헌터들이 능숙하게 몬스터의 침공을 가로막았다. 우현은 숨을 몰아쉬며 가슴에 박아넣은 검을 뒤로 빼냈다. 그는 얼굴에 튄 피를 벅벅 문지르며 뒤를 힐끗 보았다. 서로의 이빨이 부딪히면서 데루가 마키나와 창조주가 목을 물어뜯으려 하고 있었다.

우현은 그런 둘을 우두커니 보면서 슬며시 능력을 펼쳤다. 흑기사의 능력이었다. 나뒹구는 몬스터의 사체에서 붉은 구체가 솟구쳤다. 우현은 손가락을 까딱거리며 그 구체를 모두 자신에게 흡수시켰다.

데루가 마키나와의 연결은 끊어졌다. 놈은 웅크리고 있던 둥지를 박차고 뛰쳐나가 사냥행에 나섰다.

데루가 마키나가 우현의 의식 속에 있었을 때, 우현은 어떤 수작도 부릴 수가 없었다. 의도적으로 그런 생각을 배제했다. 그는 데루가 마키나의 충실한 꼭두각시가 되었다.

꼭두각시를 연기했다.

'씨발년아.'

데루가 마키나를 보며 생각했다. 놈은 알아차리지 못했다. 어떻게든 창조주에게 치명상을 주기 위해 발악할 뿐.

"아직 더 있어!"

등 뒤에서 고함. 우현은 머리를 돌렸다. 네임드 몬스터들이 다시 균열에서 뛰어나오고 있었다. 우현은 머리를 옆으로 돌려 퉤 침을 뱉었다.

아직 부족해.

정신이 고양되었다.

데루가 마키나는 흥분으로 몸을 떨었다. 여덟 개의 눈동자는 평소라면 풍경 전체를 담았겠지만, 지금은 그러지 않았다. 데루가 마키나의 눈은 창조주만을 보았다. 자신의 발톱 아래에서 허덕거리는 숨을 내뱉는 매끄러운 은색의 몸. 데루가 마키나의 몸이 가늘게 떨렸다.

[드디어.]

자신도 모르게 소리가 떨렸다. 몇 번이나 반복해 온 파괴자의 일도 오늘로 끝이 난다. 나는 얼마나 그 파괴를 반복해 왔던가. 의식없는 기계로서 반복 해 온 학살에 죄의식은 없다. 자신이 죽인 목숨에 애도도 없다. 단순히 파괴밖에 모르는 자신이 싫었다.

하지만 그것도 오늘로서 끝이다. 오늘, 한 때의 파괴자는 신좌를 침범한다. 신을 물어 죽여 아래로 끌어내리고, 그 영광스러운 위치에 스스로 오르게 될 것이다. 창조주가 버둥거렸다. 데루가 마키나는 소리 하나 내지 않는 창조주를 내려 보며 무수히 많은 이를 드러냈다.

[말해라.]

데루가 마키나가 소곤거렸다. 괴물은 여덟 개의 눈동자를 크게 뜨고서 창조주를 내려 보았다.

[지금 어떤 기분이지? 네가 만든 괴물에게 죽임 당하

고, 자리를 빼앗기는 것은 도대체 어떤 기분이냐?]

가학적인 욕망이 피어올랐다. 긴 세월 동안 웅크리고 있던 악의가 뭉클거리며 솟았다. 창조주는 대답하지 않았다. 신은 사사로운 의문에 답하지 않는다. 신은 침묵하고, 스스로 바랄 뿐이다. 데루가 마키나는 그런 창조주의 태도가 오히려 즐거웠다.

[발악은 그만두었나? 어때? 네가 멸하려 한 인간도 제법 쓸만하지?]

이죽거리는 말에 창조주는 답하지 않았다. 창조주가 불러들인 괴물들은 대부분이 헌터들에게 당해버렸다. 일반 던전이 아닌 강제로 비틀어 만든 공간이기에 생긴 문제였다. 발할라의 흑기사가 방어벽을 갖지 못한 것처럼, 라그나뢰크의 몬스터들은 방어벽을 갖지 못했다.

[너는 죽을 거야.]

데루가 마키나의 목소리가 떨렸다. 흥분과 기쁨이 뒤섞였다.

[여태까지 몇 번이나 세상을 멸해왔지. 나는 판데모니엄의 마지막, 판도라의 바닥에 웅크린 시커먼 절망이었어. 판도라를 열은 인간들이 가진 희망을 빼앗고, 몇 천 년을 묵은 문명을 멸하는 것이 나의 전부였지.]

콰드득…!

데루가 마키나의 발톱이 창조주의 목을 파고들었다.

[나는 내 이름을 가졌지만, 누구도 내 이름을 기억하지는 못했어.]

데루가 마키나가 이를 드러냈다.

[하지만 이제부터는 아니야. 나는 너를 죽이고 모두에게 기억되는 거야. 파괴자나 괴물이 아닌 신으로! 모두가 나를 경배하고 우러르겠지…!]

[바보같은.]

허탈한 대답이 들렸다. 데루가 마키나의 눈이 크게 뜨였다. 발톱 아래에 몸을 뉘인 창조주가 흰색으로 빛나는 눈으로 데루가 마키나를 올려 보았다.

[고작 그런 것으로 네가 해야 할 일을 져버리고, 너를 만든 이에게 반했다는 말이냐.]

힘없는 질책이었다. 데루가 마키나의 얼굴이 씰룩거렸다. 입이 열리고 날카로운 이가 맞물리며 까득거리는 소리를 냈다.

[내 일을 져버린 적은 한 번도 없어. 나는 언제나 확실하게 일을 수행했지. 해야 할 일을 훌륭히 마쳤어. 몇 개나 되는 문명을 파괴했지!]

[그렇다면 이 세계는?]

창조주가 되물었다.

[이곳은 멸망이 예정된 세계야. 이곳의 문명은 위험한 수준에 도달했어. 그들의 욕망은 끝이 없고 앎에 대한

탐은 욕망과 함께 깊어질 테지. 언젠가 그들은 금기에 닿는다.]

데루가 마키나는 대답하지 않았다. 좋을 대로 떠들어 봐라. 데루가 마키나는 즐거운 얼굴을 하고서 창조주의 말을 들었다.

[죽은 자를 되살리고 그들은 영생을 얻을 거야. 한정된 자원을 극복 한다 해도, 사자재생과 영생을 얻는다면 이 땅은 그들에게 너무 좁아진다. 그렇다면 그들은 새로운 땅을 찾아 떠날 것이고.]

[멋대로 하라 그래.]

[너 파괴자야, 파괴만 해온 너는 미래와 가능성에 대해 너무나 무지하구나. 그들의 기술이 금기를 침범한다면 어찌 될 것 같으냐. 그들이 다시 하늘에 닿는 바벨탑을 세운다면 어찌 될 것 같으냐. 그들의 위치가 신에 닿았을 때, 스스로 신이라 말하는 네가 정녕 존귀하고 위대한 존재로 남을 수 있을 듯 싶으냐?]

[그렇다면 그때 멸하지.]

데루가 마키나가 이죽거렸다. 창조주는 낮게 웃음을 터트렸다.

[너는 정말 아무 것도 모르는 구나.]

파괴밖에 모르던 도구이니 당연한 것인가. 발톱에 찍혀 피를 흘리면서도 창조주가 웃었다.

[너는 실패했다. 너는 신에게 닿지 못해.]

[아니, 나는 닿아. 너를 죽이고 먹어서….]

[그러니 안 되는 것이다.]

창조주가 천천히 머리를 흔들었다.

[나는 그런 존재가 아니니까.]

데루가 마키나의 움직임이 멎었다. 데루가 마키나의
눈이 크게 뜨였다. 여덟 개의 눈동자가 미동도 하지 않
고 창조주를 내려 보았다.

[신은 인세의 일에 직접 관여하지 않는다. 다만 지켜볼
뿐이다. 멸망도, 재생도. 신은 아무 것도 관여하지 않아.]

[…무슨 말….]

[판데모니엄의 창조 이후로 그 분은 그 무엇도 관여하
지 않으신다. 나는 단순히 너의 대리일 뿐. 나는 너의 자
매이고 형제. 네가 파괴자로서 기능하지 못한다면 너를
대신하여 파괴를 대신하는 존재일 뿐이다.]

[…말도 안 되는 소리야.]

[네가 파괴자로 기능하지 않을 때, 나는 너를 죽이고
너를 대신하여 새로운 파괴자가 되어야 했다. 하지만 나
는 실패했구나. 너는 결국 신좌에 닿을 수 없다. 너와 같
은 파괴자인 나를 물어 죽여보아 봤자 너는 그 무엇도
얻을 수 없다.]

데루가 마키나의 눈이 동요로 떨렸다. 말도 안 되는

일이다. 그럴 리가 없다. 데루가 마키나의 발톱이 창조
주의 목을 강하게 쥐었다.

[헛소리야.]

[네가 가진 탐욕과 미혹이 너의 눈을 흐리게 하였구
나. 네가 아는 위대한 창조주는 이리도 허무한 존재였느
냐?]

창조주가 물었다. 데루가 마키나는 대답할 수 없었다.
가슴에 품은 동요가 삐걱거리며 거대한 불안이 되었다.
데루가 마키나는 자신이 쫓던 이 존재가 창조주일 것이
라고 확신했다. 그야 그럴 것이, 데루가 마키나가 파괴
자로서 기능하지 않고 스스로 의지를 가졌을 때. 창조주
에게 반할 것을 마음먹었을 때.

이 괴물이 데루가 마키나를 죽이러 왔으니까. 신이 자
신을 죽이러 온 것이 아니라면 대체 누가 데루가 마키나
를 죽인단 말인가. 파괴자를 죽일 수 있는 존재가 위대
한 존재 말고 누가 있겠는가.

[너는 실패했다.]

괴물이 선언했다.

[나는 이곳에서 너에게 죽겠지만, 너는 영광스러운 존
재가 되지 않아. 파괴자를 그만둔 괴물이 될 뿐. 그 이후
에는 똑같은 반복이다. 나를 대신하여 다른 파괴자가 너
를 죽이겠지.]

스스로 죽음을 바란 적은 없었다. 그래서 마지막까지 웅크렸다. 기왕이면 인간이 실패하여 판데모니엄의 괴물이 바깥으로 풀려나는 것을 바라였다. 문명이 멸망한다면 데루가 마키나를 막지 못해도 판데모니엄의 목적은 달성할 테니까.

하지만 전부 실패다. 그는 실패했고, 데루가 마키나도 죽이지 못했다. 문명 역시 멸하지 못했다. 무엇이 부족했던 것일까. 인간을 너무 얕잡아 보았나. 아니면 데루가 마키나를 얕잡아 보았나.

[절망했나?]

괴물이 물었다. 데루가 마키나는 대답하지 않았다. 절망이라기 보다는 혼란이다. 결국 변하는 것은 아무 것도 없다고? 왜? 드디어 지긋지긋한 기계노릇을 그만둘 수 있다고 생각했는데. 데루가 마키나의 몸이 부들거리며 떨렸다.

[이…!]

잡았다.

그것은 갑작스러운 습격이었다. 데루가 마키나가 동요했을 때. 괴물이 데루가 마키나의 동요에 내심 흡족함을 느꼈을 때. 괴물이 자신의 죽음을 직감하고, 데루가 마키나가 분노하여 괴물을 죽이고 싶다는 생각밖에 하지 않았을 때.

똑.

하는 순간. 괴물은 시야가 조금 흔들리는 것을 느꼈다. 부릅 뜬 눈이 아래를 보았다. 가슴에 검이 파고드는 것이 보였다. 방금 전까지만 해도 아무 것도 없었는데… 텔레포트? 누가?

딱.

스위치가 바뀌었다. 검이 내리 찍혔다. 비늘과 비늘 사이를 정확하게 꿰뚫었다. 하얀 피가 솟구쳤다. 데루가 마키나의 움직임이 멎었다. 갑작스럽게 상황이 바뀌었다. 예기지 못한 당황이 파괴자의 시간을 멈췄다.

"…잘 됐군."

우현이 중얼거렸다. 그는 박아 넣은 검을 비틀었다. 피가 더욱 크게 뿜어졌다.

[너, 대체…!]

데루가 마키나가 뒤늦게 정신을 차리고 외쳤다. 우현은 대답하지 않았다. 대신, 비틀어 벌린 상처로 검을 더욱 깊이 쑤셔 박았다. 그것으로 부족해. 시뻘건 안개가 뿜어졌다. 뿜어진 안개가 상처의 틈으로 파고들었다. 비늘이 우둑거리면서 뜯겨졌다. 괴물의 입이 벌어지고 눈동자의 빛이 희미해졌다.

"다 들었어."

박아 넣은 검을 뽑았다. 괴물의 몸이 부르르 경련했다.

데루가 마키나는 눈을 부릅뜨고 우현을 바라보았다. 우현은 숨을 몰아쉬면서 데루가 마키나의 눈을 보았다.

"실패했다고."

괴물과 데루가 마키나의 대화는 다른 이들에게는 아니어도 우현에게는 확실히 들렸다. 데루가 마키나는 우현의 몸에서 빠져나갔지만, 그 잔재는 아직 남아 우현과 데루가 마키나를 잇고 있었다.

그것이 우현을 과감하게 만들었다. 누군가가 등을 떠밀 듯, 우현은 두 마리의 괴물이 자신의 존재를 잊었을 때를 정확하게 파고들었다.

"안타까운 일이군."

우현은 뽑은 검에 묻은 피를 털어냈다. 하얀 피가 잉크처럼 튀었다.

"창조주니 뭐니… 네가 닿을 수 없었다는 것이군. 딱 좋아. 너같은 괴물이 신이 된다니. 그보다 끔찍한 일이 어디에 있겠어?"

[네놈…!]

데루가 마키나가 고함을 질렀다. 우현은 한 걸음 뒤로 물러섰다. 가슴이 갈라진 괴물의 상처에서 붉은 빛이 아른거렸다.

"꼴 좋다."

우현의 입꼬리가 올라갔다. 데루가 마키나의 몸이 부

르르 떨렸다.

"정말… 꼴 좋아. 너무 통쾌해서 웃음이 나올 지경이야."

구체가 둥실 떠올랐다. 데루가 마키나의 표정이 뒤바뀌었다. 괴물은 우현이 무엇을 할지 간파했다. 데루가 마키나의 입이 쩍 벌어졌다. 놈은 우현을 단 숨에 씹어 삼킬 생각으로 머리를 들이밀었다.

"너는 실패했지만."

우현의 몸이 사라졌다. 텔레포트 능력으로 벗어난 우현은 자신을 따라 이동한 구체를 힐끗 보았다.

"나는 성공했어."

우현의 손이 구체에 닿았다. 시뻘건 빛이 우현의 몸을 덮쳤다.

의식이 둥실 떠올랐다.

기묘한 기분이었다. 방금 전까지만 해도 흥분과 긴장으로 고양된 기분이었는데, 지금 이 순간은 그런 것이 조금도 존재하지 않았다. 가슴은 평온하게 가라앉았고 감정은 고요했다.

기억이 스쳤다.

아비규환의 지옥이 보였다. 쓸려 죽는 헌터들. 무너지는 건물. 도망치는 사람들. 그것을 내려 보는 커다란 괴물. 크게 펼쳐진 날개. 아래를 보는 여덟 쌍의 눈동자.

살려달라는 말을 무시하고 자행된 무자비한 학살.

파괴.

우현의 기억이 아닌, 호정의 기억이다. 데루가 마키나 에게 주입받은 호정의 기억. 그는 호정이 아닌 우현이었다. 단순히 호정의 기억을 전해 받았을 뿐.

하지만.

기억 속의 호정이 어떤 감정을 느꼈는가는 알고 있다. 비록 자신이 호정이 아닐 지라도, 호정이 무엇을 바라였는지는 알고 있다. 호정의 기억으로 변화한 우현은 호정의 감정에 공감했다. 둘은 닮았으니까. 열등감, 패배감.

거기서 태어난 것은 분노. 자신의 세상이 멸해진 것. 자신이 알고 있는 사람들이 죽은 것. 민아의 웃음의 머리를 스쳤다. 당신은 살아야 한다고 중얼거리던 박광호의 목소리. 박희연의 깔깔거리는 웃음. 최우석의 유언.

그를 직시했을 때, 우현은 스스로 괴물이 되겠다고 마음먹었다.

"맞아."

우현이 머리를 끄덕거렸다. 두 발이 땅에 닿았다. 이쪽을 보는 데루가 마키나의 시선이 느껴졌다. 우현은 눈을 깜박거리며 데루가 마키나 쪽을 바라보았다.

"너에게는 빚이 있었어."

우현이 머리를 끄덕거렸다.

호정의 빚.

"빚을 갚아야지."

복수로.

REVENGE

4. 데루가 마키나

HUNTING

NEO MODERN FANTASY STORY & ADVANTURE

REVENGE HUNTING

4. 데루가 마키나

스스로 관조한 자신의 힘은, 인간이라고 할 수 없을 정도로 강대했다. 라그나뢰크에 도달하기 위해 흡수했던 마석. 그리고 이 안에서 나타난 네임드 몬스터를 죽이며 흡수한 힘.

그리고 데루가 마키나와 동등한 파괴자의 힘. 그것이 모두 우현의 몸 안에 있었다. 품은 힘은 육체라는 그릇을 넘어 아지랑이처럼 출렁거렸다. 데루가 마키나는 부릅 뜬 눈으로 멀찍이서 자신을 노려보는 우현을 바라보았다.

[무슨 짓을…!]

데루가 마키나가 노호를 터트렸다. 우현은 그녀의 반

응을 보고 즐거운 웃음을 흘렸다. 지금 데루가 마키나는 무슨 기분을 느끼고 있을까. 그녀가 무시하고, 꼭두각시처럼 부리던 인간에게 배신당하는 기분은. 그 인간이 증오와 악의와 살의를 담은 시선을 숨기지 않고 자신을 쏘아보는 것을 보는 기분은.

"나는 호정이 아니지만."

우현이 중얼거렸다. 그는 손을 쥐었다가 펴 보았다. 끝을 알 수 없을 정도의 거대한 힘이 느껴졌다. 그것은 기묘한 기분이었다. 비춰지는 세상 자체가 다르게 느껴졌다.

"호정의 기억을 알아. 그가 어떻게 죽었는지, 그의 세상이 어떻게 되었는지. 그가 무엇을 느꼈는지."

[무슨…!]

"좆같다고."

우현이 내뱉었다. 그는 나겔링을 들어 올렸다. 시커먼 칼날에 새하얀 빛이 어렸다.

"죽은 것도 좆같고, 세상이 멸망한 것도 좆같아. 호정이 알던 사람들은 너에게 죽었지. 그 뿐만이 아니야. 수많은 사람들이 너한테 죽었어. 너는 파괴자였으니까."

[…내가 좋아서 그런 일을 했던 것인 줄 알아?]

"물론 너도 할 말은 많겠지. 애초에 그렇게 만들어졌

으니까. 그런데, 그런데 말이야."

우현은 천천히 머리를 흔들었다.

"이건 아주… 사소한 복수야. 나 개인의, 호정의 복수야. 죽은 사람들이 바라는 것은 아니야. 그냥 호정이 좆같아서 너를 죽이고 싶어 할 뿐이야. 이유는 그게 전부야. 뭐 대단한 것 없어."

데루가 마키나는 이해할 수 없다는 얼굴이었다. 애초에 우현은 저 괴물의 이해를 바라지 않았다. 우현이 말했듯, 이것은 호정 개인의 지극히 사소한 복수였다. 우현은 호정의 복수 대행자일 뿐이고. 우현의 발이 앞으로 뻗어졌다.

텔레포트를 쓸 필요도 없었다. 힘을 주어 뻗은 발이 땅을 딛었을 때, 우현은 이미 데루가 마키나의 면전으로 쏘아지고 있었다. 기겁한 데루가 마키나가 머리를 뒤로 빼면서 입을 쩍 벌렸다. 시커먼 불꽃이 데루가 마키나의 입 안에서 소용돌이쳤다.

그것이 우현을 덮치기 전에, 나겔링이 공간을 가로 그었다. 칼날이 뿜어지던 불꽃을 베어냈다. 그 틈을 뚫고 우현이 데루가 마키나에게 가까이 붙었다.

"너는."

소곤거리는 소리가 데루가 마키나의 귓가에 아른거렸다. 꽉 쥔 검이 비틀렸다.

콰직!

힘을 주어 휘두른 검이 데루가 마키나의 머리를 갈겼
다.

"나를 죽였어야 했어."

데루가 마키나의 몸이 땅을 나뒹굴었다. 저 거대한 거
구가 조그마한 인간에게 얻어맞아 나뒹구는 모습은 현
실감이 지독히도 없었다. 세르게이가 입을 헤 벌리고 그
것을 바라보았다.

"…허허."

그는 얼굴을 흠뻑 적신 피를 닦아냈다. 몬스터의 피였
다. 감옥에 갇혔을 때, 우현이 찾아와서 했던 말이 새삼
떠올랐다. 너는 절대로 날 이길 수 없다고.

"진짜 그렇게 됐네."

세르게이는 바닥에 털썩 주저앉았다. 몬스터는 더 이
상 나타나지 않았다. 인간이 감당할 수 있는 재앙이었
고, 인간은 그를 극복해냈다. 나머지는 괴물의 싸움이
다. 저곳은 괴물의 영역이었기에, 인간은 저들의 다툼에
끼어들 수 없었다.

"…형."

시헌이 꿀꺽 침을 삼켰다. 나뒹구는 데루가 마키나가
입을 벌리고 크게 포효했다. 그것을 무시하고 데루가 마
키나를 덮치는 우현이 보였다. 그가 휘두른 검은 저 시

커멓고 단단해 보인는 비늘을 종잇장처럼 베어내고 있었다. 그 모습을 보고 선하가 어깨를 감싸 안았다.

저것이 인간일까.

모두가 그런 생각을 했다. 저 거대한 괴물을 몰아붙이는 우현은 아무리 보아도 인간의 범주를 아득히 넘어서 있었다. 데루가 마키나가 버둥거리며 비명을 질렀다.

[아파, 아파!]

박살난 비늘을 붙잡고 데루가 마키나가 비명을 질렀다. 그렇게 외치면서도 데루가 마키나의 거대한 꼬리가 우현을 향해 육박해왔다. 우현은 호흡을 삼키며 검끝을 아래로 내렸다.

양 팔에 힘이 들어갔다. 다리가 단단히 버티고, 손목을 꺾었다.

촤악!

그 거대한 꼬리가 잘려져 허공으로 솟구쳤다. 데루가 마키나가 비명을 질렀다.

몇 십 마리의 네임드 몬스터를 잡아먹고 데루가 마키나와 동등한 파괴자의 힘까지 취했다. 지금의 우현은 데루가 마키나를 뛰어넘는 괴물이었다. 우현은 몸을 적시는 피를 무시하면서 발을 뒤로 끌었다.

텔레포트가 펼쳐졌다. 데루가 마키나는 자신의 얼굴

앞에 나타난 우현을 베어내기 위해 발톱을 휘둘렀다. 허공에서 우현의 몸이 빙글 돌았다. 시뻘건 안개가 우현의 몸짓에 따라 출렁거렸다.

그리고 그것은 주변을 난자하는 칼날이 되었다. 데루가 마키나의 발톱이 뜯겨져 날아갔다. 데루가 마키나가 비명을 질렀다. 발작하듯 몸을 날뛰던 데루가 마키나가 입을 크게 벌리며 우현을 삼키려 들었다.

"아프냐?"

우현이 이죽거렸다. 그의 몸이 뒤로 밀려났다.

콰득!

다문 입이 허무하게 허공을 깨물었다.

[감히, 감히…!]

"뭘 잘났다는 듯이 말하는 거냐. 아무 것도 아니게 되었으면서."

우현이 중얼거렸다. 데루가 마키나가 정말로 창조주가 되었다면, 일단은 신이니까 머리를 숙일 수 있을 텐데. 지금의 데루가 마키나는 아무 것도 아니다. 저 괴물은 실패했다. 자신있게 창조주를 몰아 넣었다, 창조주를 죽이고 자신이 신이 될 것이라고 선언하였지만 모든 것이 데루가 마키나의 착각이었을 뿐.

결국 데루가 마키나 역시 꼭두각시였다. 창조주의 뜻에 따라 움직이는 꼭두각시. 제 스스로 의지를 갖고 창조주의 뜻에 거역하기는 했지만, 그것은 꼭두각시가 자신이 매달린 실을 자르는 것 밖에 되지 않았다.

그리고 실이 끊어진 꼭두각시는 아래로 추락할 뿐이다.

"너는 실패했지만, 나는 아니야."

우현이 쏘아붙였다.

콰득!

나겔링이 데루가 마키나의 눈동자 중 하나를 꿰뚫었다. 데루가 마키나가 머리를 뒤로 젖히며 비명을 질렀다. 우현은 박아 넣은 검을 비틀어 뽑았다. 데루가 마키나의 눈동자가 우현을 올려 보았다.

"알아?"

우현이 소곤거렸다.

콰득!

다른 눈동자에 우현의 검이 박혔다. 데루가 마키나가 광분하여 몸을 비틀었다. 우현은 흔들리는 몸을 검을 잡아 지탱하면서 내뱉었다.

"너는 나한테 죽는 거야."

검을 뽑는다. 피가 튀었다. 시커먼 어둠이 우현을 덮쳤다. 우현은 안개를 휘둘러 그것을 밀어내면서 데루가 마키나의 다른 눈동자를 꿰뚫었다.

"네가 벌레처럼 보던 인간한테 죽는다고."

[끄으으으!]

그런 신음과 함께 데루가 마키나의 몸이 뒤틀렸다. 놈은 우현을 떨쳐내는 대신에 자신의 형태를 바꾸는 방법을 선택했다. 우현의 몸이 가볍게 땅에 내려섰다. 바로 앞에 나뒹구는 것은 처참한 몰골의 여자였다.

"오… 오빠."

민아가 몸을 일으켰다. 한쪽 눈구멍에서 시뻘건 피를 흘리는 민아. 그녀는 우현을 보면서 창백한 얼굴로 미소를 지었다. 우현은 묵묵히 민아를 향해 다가갔다.

"오, 오빠. 잠깐…."

민아가 더듬거리며 우현을 불렀다. 우현의 걸음이 빨라졌다. 가슴에 어떤 감정이 들끓었다. 그는 검을 왼 손으로 고쳐 잡고, 오른손을 들어 주먹을 쥐었다.

"이."

콰직!

휘두른 주먹이 민아의 얼굴에 박혔다. 코뼈가 뭉개지는 소리가 들렸다. 민아의 몸이 땅을 나뒹굴었다. 우현은 코를 붙잡는 민아에게 다가가 발을 들었다.

"씨발년아."

휘두른 발이 민아의 배에 꽂혔다. 민아의 눈이 부릅뜨였다. 콜록거리는 기침에 박살난 내장이 섞여 나왔다. 우현은 얻어맞은 배를 감싸 쥐고 웅크리는 민아를, 데루가 마키나를 내려 보면서 얼굴을 일그러트렸다.

"개수작부리지 마."

그게 오히려 존나 빡치니까. 우현이 거친 목소리로 내뱉었다. 콜록거리던 민아의 얼굴에서 표정이 사라졌다. 이윽고 그것은 우현이 알고 있던 데루가 마키나의 얼굴이 되었다. 데루가 마키나는 창백한 얼굴로 우현을 올려보았다.

"복수라고?"

데루가 마키나가 물었다. 우현은 대답하지 않고 검을 내려 데루가 마키나를 겨누었다. 데루가 마키나가 낄낄거리며 웃었다.

"복수? 대상이 잘못 되었어. 나는 아무 잘못 없다고! 멸망은 예정된 것이었고, 판데모니엄은 애초부터 준비된 시스템이었어. 나는 그런 존재였으니까 멸망시켰을 뿐이야…!"

"이유 늘어놓지 마. 변명하지도 말고."

우현이 소곤거렸다. 우현은 머리를 숙이고 데루가 마키나의 눈을 노려보았다.

"내가 말했잖아. 이건 그냥, 나의 사소한 복수야. 신이니 파괴자니 그런 것과는 아무 상관없어. 네가 호정을 죽인 것의 복수. 호정의 세계를 부순 것의 복수."

"고작 그런 것으로…!"

데루가 마키나의 어깨가 부들거리며 떨렸다. 데루가 마키나가 비틀거리며 몸을 일으켰다. 우현은 데루가 마키나에게 검을 겨누기만 할 뿐, 몸을 일으키는 데루가 마키나를 공격하지는 않았다. 어디 좋을 대로 해 봐라. 뭐라 지껄이는지 한 번 보자.

"겨우 그런 이유로, 나를 죽이겠다고? 파괴자인 나를! 전능한 존재가 될 나를 죽이겠다고…?!"

"…미친년. 김칫국은 존나게 잘 마시네."

우현이 웃음을 흘렸다.

"너는 실패했어. 창조주가 너에게 엿을 먹였다고. 너는 전능한 존재가 될 수 없어. 그런데 왜 자꾸 그런 말을 지껄이는 거야?"

데루가 마키나의 입술이 부들거리며 떨렸다.

"현실을 봐라, 미친년아. 너는 나한테 죽는다고. 신이 될 수 없어. 너는 그냥, 파괴자인 데루가 마키나로 나한테 죽는 거야."

데루가 마키나가 절규와 같은 고함을 질렀다. 놈이 땅을 박차고 우현에게 달려들었다. 괴물의 것으로 변한 손톱이 우현의 가슴을 할퀴려 들었다. 그 움직임.

느리게 보인다. 모든 것이 느렸다. 달려드는 데루가 마키나도, 휘둘러지는 손톱도. 우현은 피식 웃었다.

"웃기지 않냐?"

데루가 마키나의 손톱은 우현에게 닿지 못했다. 한 걸음 뒤로 물러선 우현은 가볍게 검을 휘둘렀다. 살이 끊어지는 소리, 피가 튀고 데루가 마키나의 팔이 공중으로 날아올랐다.

"나를 이렇게 만든 것은 너야."

다시 휘두른 검이 데루가 마키나의 다리를 베었다. 나뒹구는 즉시 데루가 마키나는 손으로 땅을 짚었다. 튕겨 오른 놈의 입이 크게 벌어지며 괴물의 것이 되었다. 넘실거리며 일어난 안개가 데루가 마키나의 머리를 후려쳤다.

"나에게 이런 힘을 준 것도 너고."

정신을 가속시키는 것. 몬스터에게 마석을 뽑아내는 것. 그런 능력을 준 것은 다름 아닌 데루가 마키나였다. 그리고 그 능력을 바탕으로 우현은 강해졌다.

"그건 고맙게 생각해."

우현의 눈이 가늘어졌다.

"네 덕분에 나는 괴물이 되었고, 그 덕에 인간은 멸망하지 않을 테니까."

우현의 검이 데루가 마키나의 가슴을 꿰뚫었다.

박아 넣은 검이 데루가 마키나의 가슴을 꿰뚫었다. 비틀거리며 뒤로 밀려난 데루가 마키나의 입 안에서 붉은 피가 왈칵거리며 쏟아졌다. 하나 밖에 남지 않은 놈의 붉은 눈이 우현을 보며 몸을 떨었다.

"…이…."

데루가 마키나의 입술을 비집고 목소리가 새어나왔다. 죽였나? 아니, 죽이지 못했다. 데루가 마키나의 눈에서 붉은 빛이 타올랐다. 끼긱거리며 비틀린 데루가 마키나의 손톱이 우현을 덮쳤다.

검을 뽑아내면서 몇 걸음 물러섰다. 데루가 마키나는 쿨럭거리며 피를 토해냈다. 그녀는 검이 꿰뚫은 가슴의 상처를 부여잡았다.

"…내가 실패했다고…?"

데루가 마키나가 중얼거렸다. 꿰뚫린 상처에서 시커먼 연기가 스멀거리며 새어나왔다. 이윽고 그것은 구멍난 가슴의 상처를 완전히 메워버렸다. 잘라버린 팔이 새로이 생겨 돌아났다.

"내가…? 내가? 실패했다고?"

데루가 마키나가 더듬거리며 중얼거렸다. 그녀는 손을 들어 자신의 머리를 움켜잡았다. 바람도 불지 않는데 시커먼 머리카락이 출렁거렸다. 머리카락을 쥐어 뜯으면서 데루가 마키나가 몸을 숙였다.

"아니… 아니야. 그럴 리가 없어. 나는, 나는…."

미쳐버렸나. 우현은 검에 묻은 피를 털어내면서 데루가 마키나를 살폈다. 그러면서 그는 멀리 떨어진 헌터들

에게 힐끗 시선을 주었다. 지금의 상황에서 저들이 할
수 있는 일은 많지 않다.

이미 소속한 세상이 달라졌다. 저들은 인간이고, 지금
의 우현은 괴물이다. 괴물의 싸움에 인간이 끼어 들어봤
자 고래 싸움에 등이 터진 새우꼴이 날 뿐이다.

"씨발, 자존심 상하네."

세르게이가 중얼거렸다. 중얼거릴 뿐이다. 그것 외에
할 수 있는 일은 없다. 괴물의 아귀다툼에 끼어들고 싶
지는 않다. 쏟아지는 몬스터의 행진에서 목숨을 건진 것
만으로도 다행이라고 생각한다.

"되려 방해가 될 지도 몰라요."

시헌이 선하를 힐끗 보면서 말했다. 그 말에 선하는
입술을 꾹 다물었다. 맞는 말이다. 눈 먼 칼에 맞아 죽는
것처럼 억울한 죽음은 없을 터. 선하는 발을 뒤로 끌었
다. 그녀의 눈이 우현의 등을 쫓았다.

멀리서 시선이 닿은 느낌이 들었다. 선하는 자신도 모
르게 중얼거렸다.

"괜찮아."

라고. 닿았는지 닿지 않았는지는 모른다. 다만 그렇게
말해주고 싶었을 뿐이다.

너는 괴물이 아니라고. 그러니까 괜찮다고.

우현은 선하가 물러서는 것을 보았다. 다른 헌터들이

게이트 쪽으로 물러났다. 우현은 걸음을 옮겨 데루가 마키나의 앞을 가로막았다. 꿰뚫린 눈자위에서 눈동자가 새로 생겨나 구멍을 메웠다. 데루가 마키나는 눈을 번뜩이며 우현을 보고 이를 드러냈다.

"나를… 죽인다고."

데루가 마키나가 중얼거렸다. 놈이 비틀거리며 앞으로 걸었다. 시커먼 어둠이 넘실거리며 데루가 마키나를 감쌌다. 화가 난 모양이야. 우현은 머리를 끄덕거렸다.

"응."

"네가?"

데루가 마키나가 물었다. 우현은 다시 머리를 끄덕거렸다.

"응."

그 대답에 데루가 마키나가 미친 듯이 웃음을 흘렸다.

"네가? 너 따위가?"

데루가 마키나가 낄낄거리며 물었다. 우현은 다시 머리를 끄덕거렸다.

"응."

그 대답에 데루가 마키나의 얼굴에서 웃음이 사라졌다.

"네가 대단한 무언가가 된 줄 알아?"

데루가 마키나가 앞으로 걸었다.

"아무 것도 하지 않고, 아무 것도 하지 못하고. 방에 틀어박혀 쓰레기처럼 살아온 주제에… 너무 건방을…."

"그런 나를 이렇게 만든 것이 너야."

데루가 마키나의 말을 끊었다.

"그런 정우현을 이용하기 위해서, 정우현을 바꾼 것이 너야. 나에게 김호정의 기억을 넣은 것도 너고. 나를 써먹기 위해 능력을 준 것도 너지. 무슨 말인지 알아?"

데루가 마키나가 입을 다물었다. 우현은 일그러진 데루가 마키나의 얼굴을 보면서 피식 웃었다.

"자업자득이다, 병신아."

우현이 이죽거렸다. 동시에 공격이 다가왔다. 도약한 데루가 마키나가 우현의 머리 위로 떨어지면서 손을 내리 찍었다. 말이 손이지, 그것은 거대한 발톱이었다.

"어이구."

피식 웃었다. 제대로 꼭지가 돌아버린 모양이다. 우현은 허리를 뒤로 빼며 몸을 젖혔다. 써걱거리는 소리와 함께 데루가 마키나의 팔이 잘려 솟구쳤다. 데루가 마키나는 고함을 지르면서 쉬지 않고 우현을 향해 손톱을 휘둘렀다.

닿지 않는다. 우현의 눈에 데루가 마키나의 움직임은 지독히도 느리게 보였다. 단순히 느리게 보이는 것뿐만이 아니다. 우현의 속도가 데루가 마키나를 압도했다. 데루가 마키나는 우현의 검에 몸이 잘려 나갈 때마다 곧바로 재생을 반복했지만, 새로이 재생이 끝날 때마다 그녀의 육체는 다시 잘려 땅을 나뒹굴었다.

"이, 이…."

데루가 마키나의 이빨이 딱딱거리며 부딪혔다. 그녀는 죽음의 예감을 느꼈다. 그럴 리가 없었다. 그녀는 파괴자였다. 문명을 학살하고 먹어치우는 최상위 포식자였다. 그런데 죽는다고? 인간에게? 자신이 키운 인간에게 잡혀 죽는다고?

"죽…."

말이 막힌다. 칼자루가 데루가 마키나의 턱을 갈겼다. 박살난 턱이 삐걱거리며 주저앉았다. 비틀거리는 데루가 마키나의 몸을 향해 우현의 손이 뻗어졌다. 우현은 데루가 마키나의 멱살을 잡아 자신을 향해 당겼다.

콰직!

들이 박은 이마가 조금 쑤셨다. 데루가 마키나가 비명을 지르며 쓰러졌다. 놈이 몸을 일으키기 전에 우현의 발이 데루가 마키나의 몸을 걷어찼다. 축구공처럼 채인 데루가 마키나가 땅을 나뒹굴었다.

"난…."

입 좀 닥쳐.

콰득!

우현의 발이 데루가 마키나의 팔을 짓밟았다. 데루가 마키나가 시끄러운 비명을 질렀다. 그것을 무시하고 검을 돌려 쥐었다. 아래로 향한 칼이 내리 찍혔다. 정확히 왼쪽 가슴을 놀렸다. 늑골이 부서지는 소리가 천둥소리처럼 들렸다.

"우윽…."

피가 거품처럼 끓었다. 우현은 박아 넣은 검을 뽑고, 다시 검을 내리 찍었다. 그것을 몇 번이고 반복했다. 데루가 마키나의 몸이 들썩거렸다. 흐르는 피가 더욱 많아졌다. 하지만 데루가 마키나의 호흡은 끊어지지 않았다.

"빌어먹을."

결국 검을 내팽겨쳤다. 우현은 양 손으로 직접 데루가 마키나의 가슴을 갈라버렸다. 찢어지고 터진 심장이 재생되는 것이 보였다.

조금 머뭇거리다가. 우현은 손을 들이 밀어 심장을 움켜잡았다.

"아아아악!"

데루가 마키나가 발작하며 비명을 질렀다. 우현은 주

저하지 않고 놈의 심장을 뜯어냈다. 데루가 마키나의 눈이 공허해졌다.

"나… 난…."

더듬거리는 입술이 필사적으로 말을 찾았다. 우현은 막힌 숨을 토해내며 몸을 일으켰다. 그가 손을 뽑을 때, 붉은 구체가 데루가 마키나의 상처에서 솟아났다.

"나는… 난…."

무슨 말을 하고 싶은 것인지. 우현은 묵묵히 데루가 마키나를 내려 보았다. 그러고 보니, 놈이 말했었지. 이름이 기억되고 싶다고. 저 괴물은 파괴자였고, 언제나 모든 것을 파괴해 왔다. 데루가 마키나라는 이름이 누군가에게 기억된 적은 한 번도 없었다.

그것이 놈의 미련인가. 우현은 구체를 흡수하지 않고 몸을 낮춰 데루가 마키나의 귓가에 소곤거렸다.

"나는 너를 기억하지 않을 거야."

그 말에 데루가 마키나의 눈썹이 바들거리며 떨렸다. 애초에 데루가 마키나가 우현에게 불사를 준 것은, 자신의 모든 것을 알고 있는 우현을 죽게 만들고 싶지 않아서였다. 그녀가 원하는 것은 누군가에게 기억되는 것이었다. 하지만

우현은 데루가 마키나를 기억하지 않는다. 그는 필사적으로 이 이름을 잊기 위해 노력할 것이다. 누구에게도

이 괴물에 대한 이야기를 풀어내지 않을 것이다. 데루가 마키나가 진정 무엇을 바라였는가. 파괴자가 아니게 된 이 괴물이 하고자 하던 일이 무엇이었는가.

알 바 아니다. 놈은 단순히 괴물이었다. 끔찍한 파괴자였다. 몇 만, 몇 억, 몇 조를 죽인 학살자였다. 그렇게 만들어졌다느니 하는 변명은 듣지 않는다. 애당초 이 괴물은 죄책감조차 갖지 않았다. 그런 주제에 자신은 파괴자를 그만두고 신이 되겠다는 헛소리를 늘어놓았을 뿐이다.

이것은 지극히 사소하고, 개인적인 복수다. 이 괴물에게 죽은 수없이 많은 인간들 중에, 별 볼 일 없던 남자 하나가 데루가 마키나에게 복수할 뿐. 이 괴물에게 죽어간 사람들을 대신하여 복수한다는 거창한 이유가 아니다.

그냥 한 남자가, 아니. 두 남자가 이 괴물이 죽는 것을 바라였다.

그것이 전부다. 데루가 마키나는 끝내 아무런 말도 하지 못했다. 몇 개나 되는 문명을 파괴한 괴물은 그렇게 죽었다. 여태까지 이 괴물이 멸망시켜 온 문명과 똑같은 결말을 맞이했다. 죽음은 평등하고 허무했다. 데루가 마키나의 숨이 멈췄다.

우현은 그것을 묵묵히 내려 보았다. 들끓던 고양감이

사라졌다. 뒤늦게 피로감이 엄습했다. 우현은 조금 어지러운 머리를 손으로 짚었다.

"…후욱."

조금 흐트러진 숨결이 새어나왔다. 우현은 머리를 흔들면서 아직 옆에 떠있는 구체를 바라보았다. 데루가 마키나에게서 뽑아낸 힘의 정수다. 우현은 손을 뻗어 그것을 자신에게로 흡수시켰다.

정신을 차렸을 때.

우현은 하늘을 보고 있었다. 그는 멍하니 눈을 깜박거리다가 몸을 일으켰다. 주변을 둘러보았다. 우현의 표정이 바뀌었다. 주변에는 아무 것도 없었다.

"…이게 뭔…."

익숙한 느낌이었다. 데루가 마키나가 정신에서 간섭해 왔을 때. 우현은 이런, 텅 빈 세계에 홀로 던져지곤 했었다. 우현의 얼굴이 일그러졌다. 설마 죽지 않은 것인가. 아니면 우현이 뽑아낸 힘의 정수에 데루가 마키나의 의식이 숨어 있었나?

"아니, 그런 것은 아니야."

목소리가 들렸다. 우현은 흠칫 놀라 목소리가 들린 방향을 바라보았다. 우현의 표정이 조금 굳었다.

그와 똑같이 생긴 놈이 우현을 바라보고 있었다.

"이런 미친."

어이가 없어서 우현이 중얼거렸다. 저런 해괴한 장난질을 치던 것은 데루가 마키나 뿐이다.

"그런 것이 아니라고 했잖아."

놈이 머리를 흔들었다. 우현은 반사적으로 무기를 찾았다. 하지만 그의 손에는 아무 것도 쥐어져 있지 않았다. 우현은 긴장어린 얼굴로 자신과 똑같이 생긴 놈의 얼굴을 응시했다.

무언가 위화감이 느껴졌다. 데루가 마키나와 마주했을 때와는 전혀 다른 기분이었다.

"원래는 간섭하고 싶지 않았어."

놈이 머리를 흔들며 중얼거렸다.

"하지만 간섭할 수밖에 없게 되었지. 설마 이런 일이 벌어질 것이라고는 생각하지 않았으니까."

"…넌… 누구지?"

우현이 머뭇거리며 물었다. 그 물음에 놈이 어깨를 으쓱거렸다.

"파괴자의 아버지."

에둘러 한 말이었지만 그것이 무엇을 의미하는 지는 확실했다. 우현의 얼굴이 차갑게 굳었다.

신이다.

데루가 마키나가 몇 번이나 언급했던 존재. 그 괴물이 닿기를 바라였지만, 끝내 닿지 못한 존재. 이 세상을 만

들고, 판데모니엄을 만들고,

세상을 멸하는 존재. 그런 불확실하고 애매모호한, 과학으로 설명이 불가능한 존재가 우현의 앞에 서 있었다. 우현과 똑같은 모습을 하고. 굳을 수밖에 없었다. 우현은 차갑게 식은 얼굴로 신을 응시했다.

"…도대체 뭐야?"

우현이 중얼거렸다. 그는 데루가 마키나를 죽였다. 데루가 마키나를 죽이고, 그 놈의 힘을 흡수했다. 그것으로 모든 것은 끝났어야 했다.

하지만 끝나지 않았다.

"일어나서는 안 될 일이 일어났어."

담담한 목소리였다. 우현의 얼굴을 한 신은 아무런 표정도 짓지 않았고, 그저 입술을 끔벅거리며 말만 뱉었다.

"무슨 일?"

"너."

대답은 조금의 주저도 없이 곧바로 전해졌다. 마치 그리 대답할 것을 준비하고 있었다는 듯이. 아니면 우현의 마음을 읽고 있다는 듯이.

"내 가여운 파괴자가 스스로의 위치를 잊고 폭주하는 것은 대비된 일이었어. 그러니 예비품을 만들었지. 폭주한 데루가 마키나를 죽일 수 있도록. 죽여 그 자리를 대신할 수 있도록."

신이 중얼거렸다. 하지만 실패했다. 데루가 마키나의 예비품으로 만들어진 그 은색의 용은, 데루가 마키나에게 패배했다.

"원래라면 패배하지 않았을 거야."

신이 머리를 흔들었다.

"패배할 수가 없었어. 데루가 마키나와 그 예비의 능력은 동등해. 굳이 말하자면 데루가 마키나 쪽이 보다 완숙했지. 싸움에 능숙하고. 그 부족함을 커버하기 위해 일부 권능을 빌려주었어."

공간을 열고, 몬스터를 불러들인다.

"원래라면 데루가 마키나가 쓰러졌을 거야. 그리고 예정대로 되었겠지. 데루가 마키나는 죽고, 새로운 파괴자가 완성 돼. 그 후에는 다시 예정했던 대로 흐르겠지."

"파괴."

"맞아. 멸망이야. 특별하지 않은 일이지. 늘상 있었던 일. 그런데."

우현의 행동이 예정대로 흘러야 할 것을 뒤바꿔 놓았다. 데루가 마키나 본인과, 그의 예비가 우현에게 죽어버렸다. 단순히 둘이 동귀어진 했다면 큰 문제는 없었을 것이다.

문제는 우현이 데루가 마키나와 예비품을 죽이고, 그 힘을 흡수했다는 것. 그것은 인간을 인간이 아니게 만들 정도로 큰 힘이다. 권능이 없어도 그 힘은 신에게 닿는다.

　"너는 어쩌고 싶은 거야?"

　신이 물었다. 사사로운 복수. 우현은 데루가 마키나를 죽일 때, 그렇게 말했다. 그 복수는 데루가 마키나의 가슴에 검을 박아 넣고 놈을 집어 삼키는 것으로 끝났다.

　하지만 그 이후는?

　"…아무 것도."

　우현이 대답했다. 하고자 하는 목적은 달성했다. 호정이 품은 증오는 해소되었다. 데루가 마키나는 우현에게 죽었다. 멸망은 더 이상 찾아오지 않는다. 아마 그럴 것이라고 생각했다.

　하지만 신의 출현은 그런 안도를 산산이 박살냈다.

　"아니, 그건 틀려."

　신이 머리를 흔들었다. 마음을 읽고 있어. 우현은 머릿속으로 생각만 했을 뿐 신에게 직접 이야기를 한 것은 아니었다. 하지만 신은 우현이 무슨 생각을 하는 지를 엿보았고 그를 부정했다.

　"애초에 판데모니엄은 무조건 적인 멸망이 아니야."

허울 좋은 거짓말.

"거짓말이 아니야. 판데모니엄은… 일종의 기회지. 네임드 몬스터는 무조건적으로 강림하는 것이 아니야. 그리고 인간이 몬스터에게 무조건적으로 학살당하는 것도 아니고. 너희가 말하는 헌터. 너희에게 깃든 힘. 네임드 몬스터가 나타날 때까지의 시간."

"희망고문이지."

우현이 중얼거렸다.

"혹은 죽음을 앞두고 유서라도 써두라는 배려거나."

"데루가 마키나는 쓰러트릴 수 있는 존재였어."

신이 머리를 흔들었다.

"실제로 너는 데루가 마키나를 쓰러트렸지."

"특별한 경우였을 뿐."

"중요한 것은 쓰러트리는 것이 '가능했다'라는 것이야. 덕분에 너희는 멸망에 유예를 갖게 되었지. 우선, 그에 대해서는 축하해."

그렇게 말을 하면서도 신은 그 어떤 표정도 짓지 않는다. 그것이 오히려 위압을 느끼게끔 만든다. 우현은 없는 검을 찾았다.

"문제는 너야."

신이 손을 뻗어 우현을 가리켰다.

"…네 힘은 너무 위험해졌어. 너무 강해."

"…그래서?"

"너는 무엇을 원하는 것이지? 데루가 마키나, 그 가여운 아이처럼 신좌를 탐하는 거야?"

그 말에 우현은 어이가 없어서 웃음을 흘렸다. 그는 천천히 머리를 흔들었다.

"…그런 것은… 바라지도 않아. 괴물이 되고 싶은 인간이 어디에 있겠어."

되어버렸을 뿐이다. 그럴 수밖에 없었을 뿐이다. 스스로 바라고 원하여 괴물이 된 것은 아니다. 되고 싶지 않았다.

"무엇을 원하냐고? 나는… 아무 것도 원하지 않아. 신좌니 뭐니 그런 것에 욕심도 없어."

신은 아무런 말도 하지 않고 우현을 바라보았다. 그는 마음을 읽고 진실을 본다. 이 존재의 앞에서 거짓은 통용되지 않는다. 신은 우현이 품은 진심을 엿보았다. 그는 천천히 머리를 끄덕거리며 납득했다.

"그렇군."

담담한 수긍이었다. 우현이 답한 말은 모두가 진실이었다. 괴물이고 싶지 않다는 것. 신이 되고 싶지 않다는 것.

"네 뜻은 알겠어. 네가 바라지 않는다면 내가 너를 멸할 이유는 없지."

멸할 생각이었나. 우현은 헛웃음을 흘렸다. 신은 그런 우현의 생각을 읽었음에도 답하지 않았다. 깔끔한 무시였다.

"그렇다면 나는 너에게 조금의 감사를 해야 해. 네가 나의 문제를 해결해 주었으니까."

"데루가 마키나?"

"응. 그 가여운 파괴자를 네가 직접 죽여주었지. 덕분에 너희 세계는 당장의 멸망을 피했어. 거기서 더. 너 개인적으로 나한테 원하는 것은?"

그 물음에 우현의 말문이 순간 막혔다. 개인적으로 원하는 것. 난감한 질문이었다. 이것은 일종의 백지 수표였다. 원하는 금액을 쓰면 그대로 얻는 백지 수표. 아니, 그보다 더하다. 상대는 대부호 따위가 아니라 신이었다.

원하는 모든 것이 이루어질 것이다. 영생을 원한다면 영생을 얻을 것이고, 평생 부유하고 싶다면 그를 얻을 것이다.

"뭐든지 좋아."

신이 말했다. 우현은 아무런 말도 하지 않고 입을 다물었다. 순간 머리를 스친 것은,

"안 돼."

곧바로 부정당했다. 우현의 얼굴이 멍해졌다. 그는 아

무런 말도 하지 않았지만, 신은 우현의 마음을 읽었다. 그가 간절히 바라는 것이 무엇인지 꿰뚫고 그를 부정했다.

"죽은 자는 다시 살아날 수 없어. 그것이 법칙이야. 나 스스로 그를 어길 수는 없지."

"…어떻게 해서라도?"

"살고 죽는 것. 죽은 자가 다시 살아나는 것. 그것은 범해서는 안 될 금기야. 너희 세상은 당장의 멸망을 피했지만, 만약 그 금기가 침범 당했을 때. 그때에는 기회 조차 주지 않은 확실한 멸망이 너희를 덮쳐. 너는 네가 구한 세상을 스스로 멸망시키고 싶은 거야?"

신이 흔들림 없는 목소리로 물었다. 우현은 입을 다물었다. 아무런 말도 하지 않았다. 죽은 자는 되살릴 수 없다. 민아도, 박광호도, 박희연도, 최우석도. 그 외의 함께 싸우다 죽은 헌터들을 되살릴 수 없다.

"그 이외라면 그 무엇도 상관없어. 너는 그럴만한 자격이 있으니까."

"…판데모니엄."

한참을 고민하던 우현이 입을 열었다. 순간의 망설임이 사라졌다. 그는 한숨을 쉬면서 얼굴을 감싸 쥐었다.

"판데모니엄을."

"의외의 소원이군."

신이 솔직한 감상을 늘어놓았다. 그가 생각하기에도 우현의 소원은 뜻밖의 것이었다. 우현이 바라는 것은 판데모니엄의 계속이었다.

이 던전 이후로 새로운 던전이 계속해서 만들어지는 것. 유빈투스의 성과 같은 강력한, 특별한 몬스터들이 출현하는 것이 아닌… 그 이전의 던전처럼. 헌터가 감당할 만한 수준의 몬스터들이 출현하는 던전이 계속 만들어지는 것.

"방어벽을 갖지 않는 몬스터들이 나타나는 것. 말을 걸어오는 것이 아닌… 단순한 몬스터. 헌터가 쓰러트려야 할 적이 반복해서 나타나는 것."

그것이 우현의 조건이었다. 네임드 몬스터는 계속해서 출현해야 한다. 판데모니엄은, 몬스터는. 인류의 위협이 될지 모른다는 가능성을 품어야 한다.

"헌터를 위해서."

판데모니엄이 사라진다면 헌터의 존재 의의는 사라진다. 고삐가 풀려난 헌터는 어쩌면 몬스터보다 위협적인 적이 될 지도 모른다. 부를 축적한 상위 헌터라면 모를까, 가난한 하위 헌터들이 강도로 돌변할 지도 모른다.

헌터는 몬스터를 잡는다. 몬스터를 잡아 수익을 얻는

다. 그런데 몬스터가 사라진다면? 몬스터를 잡는 것을 재주로 삼던 이들이 무슨 일을 할 수 있을까.

큰 혼란이 일어날 것이다. 어쩌면 헌터는 인간병기처럼 취급될 지도 몰라. 그러니 판데모니엄은 계속해서 존재해야 한다. 인류가 '감당할 수 있는' 위협으로서.

"그 정도라면 쉬운 일이군."

애당초 유빈투스같은 몬스터가 출현했던 것은, 데루가 마키나의 예비품이 데루가 마키나의 침입을 최대한 늦추기 위해. 그리고 애초의 목적인 멸망을 빠르게 진행하기 위해서 벌인 일이다. 본래의 판데모니엄에는 그런 몬스터가 출현하는 일은 없다.

"네 소원을 들어주지. 판데모니엄은 계속해서 존재할 거야. 너희가 감당할 수 있는 위협으로서."

우현은 머리를 끄덕거렸다. 그가 바란 소원은 우현 개인을 위한 것이 아니었다. 헌터를 위한 소원이었다. 딱히 후회는 없었다. 돈도, 명예도, 영생도. 모든 것이 지금의 우현에게는 필요없는 일이었다. 돈이나 명예는 판데모니엄이 존속한다면 얼마든지 쌓고 벌어들일 수 있는 일이다.

"…그러면, 다 끝난 건가?"

우현이 물었다. 그 물음에 신은 대답하지 않았다. 놈

은 여전히 우현의 얼굴로, 아무런 표정도 짓지 않고 우현을 볼 뿐이었다. 우현은 그 침묵을 긍정으로도, 부정으로도 받아들이지 않았다.

신의 모습이 사라졌다. 공간이 무너지기 시작했다. 우현은 우두커니 서서 자신의 발을 내려 보았다. 손을 들어 손끝을 보았다. 정우현의 손이었다. 그의 머릿속에 있는 것은 정우현이었다. 그 단순한 사실에 우현은 자신도 모르게 웃어버렸다.

"…어머니라고 불렀는데."

자신을 호정이라고 생각했다. 그래서 가족과 거리를 두었다. 호정인 내가 우현의 자리를 빼앗았다고 생각했으니까. 하지만 그는 우현이었다. 우현의 어머니가 그의 어머니였고, 우현의 여동생이 그의 동생이었다.

집으로 돌아간다면.

거리를 두었던 가족과의 거리를 좁히자. 자신의 방을 청소하자. 그런 한가한 생각이 머리를 떠돌았다. 그러고 보니, 가족과 제대로 외식을 한 적도 별로 없는 것 같다. 묵묵히 돈만 보냈을 뿐. 사고를 당했을 때에도 죄송하다라는 말만 기계처럼 반복했지.

민아를 찾아가자. 모든 것이 다 끝났다고, 그렇게 보고하자. 그녀의 부모님을 찾아가 머리를 숙이고 사과하자.

선하의 얼굴이 아른거렸다.

우현은 웃어버렸다.

눈을 떴다.

하늘에 노을이 보였다. 정신을 잃었다, 라고 생각했는데. 정신을 잃고 정신을 차렸을 때 느끼던 두통은 없었다. 오히려 머리는 그 어느 때보다 맑았다. 우현은 눈을 깜박거리며 하늘을 보았다.

"…응."

작은 소리를 내보았다. 긴 꿈을 꾸다가 눈을 뜬 기분이었다. 머리가 맑듯, 몸이 개운했다. 우현은 벌떡 몸을 일으켰다. 이쪽을 향해 달려오는 헌터들이 보였다.

"뭐, 뭐야?"

그런 소리를 낸 순간, 와락하고 선하가 안겨왔다. 우현의 몸이 휘청거리며 뒤로 넘어갔다. 선하는 우현의 가슴에 얼굴을 묻고 펑펑 울음을 쏟아냈다.

"괘, 괜찮습니까?"

안토니가 당황한 얼굴로 물었다.

"예?"

우현이 머리를 갸웃거리며 되물었다. 안토니는 우현의 얼굴을 보고, 그가 별다른 문제가 없다는 것을 확인한 뒤에 안도의 한숨을 내쉬었다.

"…갑자기 쓰러져버려서. 걱정 많이 했습니다."

"…쓰러졌다고요?"

우현이 얼떨떨한 얼굴로 되물었다. 체감한 시간의 부조화가 삐걱거렸다. 우현이 신을 만나고, 대화를 나누고. 제법 시간이 흘렀다고 생각했는데, 다른 사람들이 보기에는 우현이 잠깐 힘이 풀려 쓰러졌다가 몸을 일으킨 것으로 보인 모양이다.

"…걱정끼쳐서 죄송합니다. 저는 괜찮습니다."

우현은 빙긋 웃으며 대답했다. 훌쩍거리던 선하가 머리를 들었다. 땀과 눈물로 엉망인 얼굴이 우현을 보았다. 우현은 가느다란 미소를 지으면서 선하의 이마와 뺨에 달라 붙은 머리카락을 떼어냈다.

"꼴이 엉망이네."

우현의 말에 선하는 눈을 깜박거렸다. 뭔가가 달라졌음을 느낀 것은 다른 이들 역시 마찬가지였다. 평소, 아니. 최근의 우현은 강박증이나 우울증에 시달리는 것이 아닐까 걱정될 정도로 불안하기 짝이 없었다. 힘을 주어 건드리면 당장이라도 박살날 것 같은 균열 가득한 유리잔이 연상될 정도로, 그는 자신을 가혹하게 몰아붙였다.

기계적으로 던전을 떠돌고, 몬스터를 사냥하고. 제 몸을 돌보지 않고 빈혈로 쓰러지기 직전까지 피를 쏟아낸다. 그렇게 만들어낸 마석을 공격대 헌터에게, 그리고 자신에게 우겨 넣는다.

그럴 수밖에 없다고 이해하고, 동정이 갈 정도였다. 우현은 뛰어난 헌터였다. 뛰어난 탱커였고, 뛰어난 오더였다. 만약 그가 없었더라면 헌터는 62번 던전조차 넘지 못했을 것이다.

그의 위치는 독보적이었다. 가장 처음으로 '능력'을 얻은 것 역시 우현이었고, 다른 세상에서 왔다는 특수한 이력을 가진 것 역시 우현이 유일했다. 그 사실을 아는 모두가 우현을 의지할 수밖에 없었다. 우현은 모두의 무게를 어깨에 짊어지고 있었다.

하지만 아무리 공격대를 강화해도. 우현이 선두에서 미쳐 날뛰어도 피해는 생긴다. 발할라가 그 절정이었다. 발할라 이후로 우현의 절망은 더욱 심해졌다. 그에게 의지하던 모든 헌터가 우현을 무너트리는 무게가 되었다.

그런데 지금.

그것이 조금도 느껴지지 않는다. 오랜 괴로움에서 해방되었다는 듯 우현은 개운한 표정이었다. 짓는 웃음은 조금의 어둠과 아픔도 느껴지지 않았다. 저런 표정도 지을 수 있구나. 새삼 그렇게 깨달을 정도였다.

"…괜찮은 거야?"

선하가 물었다. 우현은 웃으면서 머리를 끄덕거렸다. 전부 끝났다. 호정의 복수도, 우현의 복수도. 개인의 사사로운 복수는 완전히 막을 내렸다. 우현은 선하의 몸을 받치면서 몸을 일으켰다.

"응. 난 괜찮아."

가슴이 뻥 뚫린 기분이었다. 그리고 그 구멍으로 스스로도 알 수 없는 충만함이 채워졌다. 곧, 우현은 그것이 무엇인지 깨달았다. 그것은 '안도'였다. 헌터가 되고 나서 쭉 잊고 있었던 것.

그는 유일하게 세상의 멸망을 알고 있었다. 결국 마지막에 가면 헌터가 결코 넘을 수 없는 괴물이 존재함을 알았고, 그 괴물에게 세상이 멸망한다는 것을 알았다.

그래서 발악했다. 멸망을 막기 위해서. 어떻게든 자신이 무엇인가를 하기 위해서. 그렇게 헌터로서 싸워왔다. 그것은 쭉 우현을 몰아붙이고 그를 짓누르던 무게였다.

그것이 사라졌다. 멸망을 전해오는 파괴자는 오늘 죽었다. 우현의 복수는 그 파괴자를 죽이면서 완성되었다.

짐을 내려놓았다. 해야 할 모든 일을 했다. 복수를 이루었고, 처음으로 안도를 느꼈다. 그래서인지 실실 웃음이 나왔다.

거울을 본다면, 바보 같은 미소를 짓고 있는 내가 보이겠지.

그런 생각조차 유쾌했다. 실실거리며 웃는 우현을 보고 선하가 슬며시 몸을 뗐다. 머뭇거리던 시헌이 꿀꺽 침을 삼키며 우현을 향해 조심스레 물었다.

"…형. 혹시 머리가…."

"아니야."

우현은 낄낄 웃으면서 대답했다.

그냥 좋아서 웃는 거야.

◎

신은 우현이 바라는 것을 확실히 들어주었다. 라그나 뢰크를 나가서, 다음 게이트를 확인했을 때. 67번 던전 인 〈가게일의 무덤〉이 개방되어 있었다.

이번 던전이 마지막이라 생각하던 공격대 헌터들은 크게 당황했지만, 우현은 67번 던전 게이트가 개방된 것 을 보고 다시 웃어버렸다. 판데모니엄은 사라지지 않는 다. 멸망의 위기는 없이, 단순히 몬스터가 계속해서 나 타나는 던전으로 계속 이어질 것이다.

솔직히 정답이라고는 생각하지 않는다. 헌터를 위한 선택이라고는 했지만, 몬스터는 여전히 인류에게 위협 이다. 앞으로의 던전에서 출현하는 네임드 몬스터는 여 전히 카운트를 갖는다. 그 카운트가 0이 될 때, 몬스터 는 현실로 이동한다.

이전까지의 판데모니엄과 똑같다. 그렇게 현실에 나 타난 몬스터는 헌터의 공격 외에는 잡을 수 없다. 네임드 몬스터 한 마리라도 현실에 나타난다면 끔찍한 학살을 벌일 수 있다.

그렇다면 강림하지 않게 만들면 된다.

"이전까지와 다른 것은 없습니다."

자세한 이야기는 설명하지 않았다. 신을 만났다느니, 이런 이야기를 늘어놓아 보았자 좋을 것이 없을 테니까.

"제네시스 연합은 그대로 유지할 생각입니다. 우리는 최전선에서 던전을 공략하고, 네임드 몬스터를 쓰러트릴 겁니다."

제네시스 연합을 이루는 길드는 안토니의 카멜롯과 제네시스 길드 둘 뿐이다. 여태까지 던전을 공략하면서 많은 피해를 입기는 했지만, 애초에 카멜롯이 대형 길드였던 탓에 인원의 부족함은 거의 없었다.

그리고 유일한 경쟁자라고 할 수 있던 럭키 카운터 연합은 괴멸에 가까운 타격을 입었다. 럭키 카운터의 길드마스터인 막시언은 죽었고, 김상규는 다리를 잃어 폐인이 되었다. 럭키 카운터 연합은 공중분해 된 것이나 마찬가지다. 라그나뢰크 던전을 공략하면서 연합 공격대의 주요 헌터들은 모조리 죽었다. 남은 것은 주력 길드원이 아닌 잔당 뿐.

그것은 다른 S급 길드들 역시 마찬가지다. 현재 존재

하는 길드 중에서 세력이나 가진 무력으로 제네시스를 뛰어넘는 길드는 없다.

현재 제네시스 연합은 독보적인 위치에 섰다.

'이것으로 헌터는 헌터로서 살아갈 수 있어.'

우현이 선택한 것은 변화가 아닌 안정된 현 상태의 계속이었다. 몬스터와의 전투, 던전의 공략으로 헌터가 죽을 수도 있다. 하지만 그것은 어쩔 수 없는 일이다.

우현은 신이 아니다. 죽는 헌터 모두를 돌볼 수는 없다.

"…너, 정말 괜찮은 거야?"

67번 던전 앞에서 브리핑을 끝내고, 집으로 돌아왔을 때. 선하가 거실에서 물었다. 갑옷을 적신 피를 수건으로 닦아내던 우현은 웃는 얼굴로 선하를 돌아보았다.

"뭐가?"

"…사람이 바뀐 것 같아."

선하가 중얼거렸다. 아무래도 우현의 갑작스러운 변화를 쉽게 받아들이지 못하는 모양이다. 선하의 중얼거림에 우현은 낮게 웃었다.

"많은 일이 있었으니까."

우현은 피에 젖은 수건을 내려 보면서 중얼거렸다. 호정의 기억을 주입받고, 헌터로 살아서 지금까지. 쉬지도 않고 달려왔다는 느낌이었다. 일상은 포기했다. 매일 매일 던전을 드나들었고 몬스터와 싸웠다.

앞으로도 그것은 변하지 않을 것이다. 여전히 판데모 니엄은 존재하고, 던전은 나타나니까.

"…내가 미친 것 같아?"

우현은 피식 웃으며 선하를 물었다. 선하는 입술을 우 물거렸고, 시헌이 낮게 헛기침을 했다. 시헌은 뻐근한 어깨를 주무르면서 말했다.

"평소 형의 모습과는 달라서요."

"마음이 가벼워져서 그래."

우현은 갑옷을 벗으며 대답했다. 쉬지 않고 달리면서 지쳤을 뿐이다. 지쳐서 다른 곳을 돌아 볼 여유가 없었 던 것뿐이야.

생각해 보면, 1년도 되지 않았다.

작년 여름, 방에서 틀어박혀 게임만 하던 정우현은 김 호정의 기억을 전해 받았다. 그것이 우현을 바꾸었다. 헌터가 되었다. 던전을 드나들고 몬스터와 싸웠다. 그러 는 내내 언제나 조급함을 느꼈다. 멸망을 막아야 한다는 사명감이 우현을 재촉했다.

조금, 후회가 들었다.

지나간 과거에 대한 후회였다. 죽은 이들의 얼굴이 아 른거렸다. 박희연은 우현에게 호의적이었으나, 우현은 박희연의 죽음을 제대로 보지도 못했다. 정신을 차렸을 때 박희연은 죽어 있었다.

박광호 역시 그랬다. 그 역시 우현에게 호의적이었다. 대형 길드의 부길드장이었으면서도, 우현과의 첫만남에서 박광호는 충분히 예의를 보였다. 그리고 그런 박광호는 우현을 위해서 죽었다.

최우석. 우현이 스스로 죽음을 결심했을 때, 그날 처음 만난 최우석만은 우현의 곁에 남아 주었다. 그리고 그는 죽었다. 우현을 믿고, 마지막으로 자신의 바람을 전해 주었다. 만약 최우석과 조금만 더 오랜 시간을 공유했다면, 그와는 좋은 친구가 되었을 지도 모른다.

민아는 우현에게 연심을 갖고 있었다. 우현은 그를 알고 있었다. 다만, 외면하고 무시했다. 우현이 선택한 것은 민아가 아닌 선하였다. 민아는 그를 이해해주었고, 민아는 우현을 대신해서 죽었다. 죽어가는 마지막에 욕심을 부리고 우현에게 기억되기를 원한 것이 민아가 가진 마지막 바람이었다.

그리고 더 많은 후회들. 가족에게 충실하지 못했다. 조급함이 가족을 외면하게 만들었다. 묵묵히 돈을 보내고, 자신을 걱정하는 말에 괜찮다고 대답했을 뿐.

"…괜찮아."

우현은 작은 목소리로 중얼거렸다. 앞으로는 아니다. 그는 시헌과 선하에게 웃어 준 뒤에 2층으로 올라갔다. 피와 땀에 젖은 몸을 뜨거운 온수로 씻어냈다.

멸망은 막았다. 그를 조급하게 만들었던 모든 것은 우현 스스로 끝을 맺었다. 가족을 외면하게 만들었던 것은 스스로가 정우현이 아닌 김호정이라고 생각했기 때문이었다. 그것에 대해서도 답을 얻었다.

'현주가 무슨 대학에 갔더라.'

또, 어머니의 생신은 언제더라. 아무래도 달력을 찾아봐야 할 것 같았다. 아니, 마음먹은 김에 내일 당장 집으로 돌아가자. 현주를 만나고, 어머니를 만나자. 어머니가 차려준 밥상 앞에서 머리를 숙여 죄송하다 말하자.

그리고 웃으면서 말하자.

다녀왔습니다, 라고.

REVENGE

5. 후일담

HUNTING

NEO MODERN FANTASY STORY & ADVANTURE

REVENGE
HUNTING

5. 후일담

"다 끝났어."

납골당 안의 민아는 활짝 웃고 있었다. 우현은 웃고
있는 민아의 사진을 보면서 피식 웃었다. 웃음 뒤에 잠
깐 말문이 막혔다.

울렁거리는 가슴을 진정시켰다. 입술을 벌려 낸 목소
리는 떨리고 있었다. 떨림을 잡았다. 몇 번 헛기침을 했
고, 목소리를 가라앉혔다. 천천히 말을 이어갔다. 어떤
일이 있었는지, 그것이 어떻게 끝났는지. 내가 어떻게
되었는지.

"다 끝났어."

시작을 그 말로 하였듯, 이야기의 끝 역시 같았다. 모

든 것이 끝났다. 데루가 마키나는 죽었다. 판데모니엄은 존속된다. 헌터는 계속해서 헌터로 존재할 수 있게 되었다.

네 덕분이야, 라고. 우현은 머리를 숙여 중얼거렸다. 민아가 마지막에 했던 말은 아직도 그의 귓가에 남아 있었다. 그는 평생 민아를 잊지 못할 것이다. 민아가 어떻게 죽었는지, 죽어가며 어떤 말을 남겼는지.

"길드도 제법 커졌어."

공중분해 된 럭키 카운터 연합을 흡수했다. 김상규는 다리 잘린 병신이 되어 목숨은 부지하고 있었지만, 화랑의 길드원들은 김상규를 스스로 잘라냈다. 그렇게 스스로 머리를 자른 화랑은 제네시스 길드 아래로 자발적으로 들어왔다.

"시헌이는… 잘 지내고 있어. 너와 함께 있을 때랑 똑같아."

무리하고 있다는 느낌이 강했다. 시헌은 민아와 친하게 지냈으니까.

"선하도 마찬가지야. 선하는 웃음이 많아졌어. 나도 그렇고."

말문이 막혔다. 이쪽의 근황은 얼마든지 웃으며 떠들어댈 수 있다. 하지만 그 말이 민아에게 닿을까. 민아가 살아남은 이들의 이야기를 듣고 과연 기뻐할 것인가. 우현은 입술을 다물었다. 민아를 대신해서 살아남아 놓고서는, 멋대로 이렇게 떠들기만 하잖아. 우현은 주먹을 꾸욱 말아 쥐었다.

"…미안해."

결국 머리를 숙여 그렇게 사과를 하고 만다. 이 사과가 민아에게 들릴 것이라는 확신도 없으면서.

"왜 사과하는 거예요?"

차갑게 식은 목소리가 들렸다. 우현은 어깨를 흠칫 떨었다. 뒤를 돌아보니, 민아의 언니인 유민주가 우현을 노려보고 있었다.

"죄책감 때문에?"

미간을 찡그리고 있던 유민주가 내뱉었다. 우현은 대답하지 않았다. 딱히 부정하고 싶은 생각은 없었지만, 그렇다고 긍정하고 싶은 생각도 없었다. 민아에게 말한 사과의 이유가 죄책감이 전부는 아니었으니까.

"…대답해 봐요."

유민주가 작은 목소리로 말했다. 그녀의 어깨가 부들거리며 떨렸다. 우현은 한숨을 쉬면서 머리를 벅벅 긁었다.

납골당에 오기 전, 민아의 집을 찾아갔다. 민아의 집은 아파트였고, 어디에나 있을 법한 가정집의 냄새가 났다. 미리 연락을 드리고 찾아간 것이기는 했지만, 절대로 좋은 대접은 받지 않을 것이라고 내심 생각했다.

초인종을 누르고, 잠시 뒤에 현관문이 열렸을 때. 우현은 아무런 말도 하지 않고 그 자리에서 무릎을 꿇었다. 단순 겉치레가 아니라 진심으로 그렇게 하고 싶어서.

한참 동안 무릎을 꿇고 시선을 땅에 처박았다. 죄송하다고, 전부 다 제 잘못이라고. 그런 말을 반복했다. 민아가 어떻게 죽었는지, 자신이 무엇을 실수하였는지. 민아의 희생으로 무엇을 얻었는지. 그 모든 것을 토해냈을 때, 우현은 결국 울었다.

괜찮아요, 알았어요. 한참을 침묵하던 민아의 어머니가 그렇게 말했다. 그것은 구원이 되지 못했다. 애초에 민아의 죽음과, 그에 책임을 가진 우현에게 구원 따위는 없었다. 결국 보다 못한 민아의 아버지가 다가와 우현을 일으켰다.

그 후로 거실로 들어갔다. 한참의 침묵 끝에 민아의 부모님은 우현을 용서하겠다고 말해 주었다. 두 분은 자신의 딸이 어떻게 죽었는지를 받아들였고, 그 죽음의 직접적인 원인이라 할 수 있을 우현의 실수를 용서했다.

민아의 언니인 유민주는 아니었다.

"난 모르겠어."

납골당 뒤편의 벤치에 털썩 앉은 유민주가 작은 목소

리로 중얼거렸다. 그녀는 걸치고 있던 외투를 뒤지더니 담배를 꺼냈다.

"난 헌터가 아니니까."

함께 민아를 보러 가자고 말한 것은 유민주였다. 그녀는 우현보다 한 살 많은 나이였는데, 그래서인지 첫 만남부터 말을 놓았다. 비단 나이 때문만은 아니리라. 만약 현주가 죽고, 그 죽음에 책임이 있는 놈이 우현의 앞에 나타난다면. 우현 역시 자기보다 나이가 몇 살이 많다고 해도 반말을 했을 테니까.

"…예."

우현은 유민주의 앞에 서서 대답했다. 우현의 대답에 유민주가 신경질적인 웃음을 흘렸다. 그녀는 입에 문 담배에 불을 붙이면서 우현을 올려 보았다.

"그런 대답밖에 못 하는 거야?"

"그러면, 무슨 대답을 듣고 싶은 겁니까?"

우현이 되물었다. 도전적인 어조는 아니었다. 기운 없는, 정말 답을 찾지 못해 묻는 질문이었다. 머리는 얼마든지 숙일 수 있다. 시킨다면, 아니, 자발적으로 무릎을 꿇을 수도 있다. 죽은 민아와 남겨진 민아의 가족에 대한 죄책감은 우현을 집어 삼킬 정도로 컸다.

"…내가 어떻게 알아."

유민주가 중얼거렸다.

"담배 펴?"

유민주가 우현을 올려 보면서 물었다. 우현은 작게 머리를 끄덕거렸다. 그 대답에 유민주는 새로 담배를 꺼내 우현에게 권했다.

"…서있지 말고 옆에 앉아."

명령조였다. 우현은 항변하지 않고 유민주의 곁에 앉았다. 유민주는 멍한 눈으로 담배를 피우면서 납골당의 건물을 바라보았다.

"…진짜 모르겠어."

유민주가 입을 열었다.

"내 동생은, 진짜 멍청했거든. 어렸을 때부터 그랬어."

목소리에 힘이 없었다. 유민주는 주먹을 꽉 쥐었다.

"언제나 손해 보는 쪽이었지. 자기 이득 챙기는 것보다 남 챙겨주는 것을 더 좋아하는 바보였어. 그래봤자 호구 소리밖에 못 듣는데."

"…내가 아는 민아는 그렇지 않았습니다."

우현이 중얼거렸다. 그는 담배 재를 털면서 유민주를 돌아보았다.

"웃음이 많고, 주변을 챙길 줄 알고. 그러면서 자기 고집도 있고, 향상심도 있고. 내가 아는 민아는 그랬습니다."

"네가 나보다 내 동생에 대해 잘 안다는 거야?"

"적어도 헌터였던 민아에 대해서는 유민주씨보다 잘 알 겁니다."

그 대답에 유민주가 풋하고 웃음을 터트렸다. 낮게 웃음을 흘리던 유민주는 주머니에서 핸드폰을 꺼냈다.

"민아가 너 좋아했지?"

불쑥 유민주가 물었다. 갑작스러운 질문이었지만 놀라지는 않았다. 우현은 표정을 가다듬고 머리를 끄덕거렸다.

"…바보 같은 년. 뒈져봐야 무슨 소용이야."

유민주가 얼굴을 감싸 쥐면서 중얼거렸다. 그녀는 소리 죽여 흐느꼈다. 위로의 말이라도 건네야 할까. 우현이 선택한 것은 침묵이었다. 우현은 아무런 말도 하지 않고 유민주를 보다가, 손수건을 꺼내 유민주에게 건넸다. 유민주가 신경질적인 손짓으로 우현의 손을 쳐냈다.

"나는 헌터가 아니야."

대뜸 유민주가 내뱉었다. 그녀는 벌떡 일어서더니 울어 빨갛게 변한 눈자위를 손으로 벅벅 문질렀다.

"단순 회사원이고. 몬스터나 판데모니엄, 헌터에 대해서는 알고 싶지도 않아. 너희 때문에 내가 야근 갈기면서 번 돈, 거기서 빠져나가는 세금이 조금 는다는 것도 짜증나고."

"…그건 미안합니다."

"됐어. 내 동생… 처음에 헌터가 됐다고 했을 때. 그래도 제 밥그릇은 자기가 챙길 수 있겠구나, 하고 조금 안심했었어. 취업하기 빡세니까, 목숨 조심하면서 헌터 일하면 제 밥은 제가 벌어먹겠구나 하고 생각했는데."

꽁초를 재떨이에 비벼 끄면서 유민주가 중얼거렸다.

"…겁쟁이에 바보였으니까, 몬스터한테 죽을 것이라고는 생각하지 않았어. 오히려 겁쟁이니까, 위험한 일 안하고 조심할 거라고 생각했는데."

"…미안합니다."

"미안해하지 마."

유민주가 눈을 부릅뜨고 우현을 돌아보았다.

"…민아가 처음 길드에 들어갔다고 얘기했을 때. 민아는 기뻐 보였어. 가끔 너에 대한 얘기도 했어. 멋진 오빠라고. 좋아하냐고 물어봤는데, 그런 것 아니라고 대답했었지. …멍청한 년."

우현은 입술을 다물었다. 우현의 침묵 속에서 유민주가 계속해서 말했다.

"나는 네가 싫어. 너 때문에 내 동생이 죽은 것은 사실이니까."

"…미안합니다."

"미안해하지 말라고 했잖아."

유민주가 내뱉었다.

"…민아가 너를 구하려다가 죽었다며. 내 멍청한 동생이 멋대로 죽어버린 것 뿐이야. 네가 민아한테 구해달라고 한 적도 없고, 네가 민아를 이용한 것도 아니잖아."

유민주가 눈을 질끈 감았다.

"…나는 그냥… 네가 싫은 거야. 애초에 너를 용서한다거나, 그런 말은 하고 싶지 않아. 나한테 그럴 자격도 없고."

민아가 죽은 것은 사실이다. 민아는 우현을 구했고, 우현을 대신해서 죽었다. 하지만 남겨진 민아의 가족으로서는 그녀의 죽음을 어찌 받아들여야 한단 말인가. 민아를 죽인 흑기사는 우현의 손에 죽었다. 그렇게 된다면 대체 누구를 원망해야 할까.

"…민아의 앞에서 우울한 모습 보이지 마."

유민주는 벤치에 올려두었던 자신의 가방을 들어 올렸다.

"민아의 죽음을 개죽음으로 만들고 싶지 않거든, 민아의 앞에서 그런 표정 하지 마. 민아는 네가 우울해서 질질 짜는 것보다는 웃는 모습을 보고 싶어 할 테니까."

"…예."

"그리고, 죽지 마."

성큼거리며 다가 온 유민주가 우현의 눈을 노려보았다.

"민아가 구해준 목숨이잖아. 그러니까… 죽지 마. 오래오래, 벽에 똥칠할 때까지 살아. 민아 몫까지 하고 싶은 것 다하면서 그렇게 살아."

유민주가 몸을 돌렸다. 우현은 멀어지는 민주의 등을 보면서 머리를 꾸벅 숙였다. 용서가 아니라, 단순히 싫을 뿐. 우현은 유민주가 남긴 말을 중얼거리면서 벤치에서 몸을 일으켰다.

"…우울해 하지 말라고는 해도."

우현은 머리를 벅벅 긁었다. 데루가 마키나를 죽이고 세상을 구했다. 그것으로 우현은 자신을 억압하던 굴레에서 벗어났다.

하지만 그곳까지 도달하며 잃은 것을 마주했을 때. 마음이 편할 수는 없었다. 잠시 뒤에, 우현은 다시 납골당으로 들어갔다. 그는 민아의 사진 앞에 섰다. 활짝 웃으며 브이를 그리고 있는 민아의 얼굴을 보면서,

우현은 양 손을 들어 자신의 뺨을 가볍게 두드렸다. 뻣뻣이 굳은 안면 근육을 조금 풀고서, 우현은 입꼬리를 올렸다.

"우울해 하지 않을게."

우현이 입을 열었다.

"솔직히, 아직은 잘 안 되는 것 같아. 내가 병신처럼

굴지만 않았어도 네가 그렇게 되지 않았을 테니까."

괜찮아요. 민아가 소곤거렸던 말.

"…그러니까, 앞으로 네 앞에서 질질 짜지는 않을게."

크게 숨을 삼켰다.

"잘 살게. 네가 구해준 몫까지. 널 잊지 않고… 그렇게 살게."

우현은 머리를 꾸벅 숙였다.

"구해줘서 고마워."

한참 동안 머리를 숙이고 있었다. 일그러지는 얼굴에 힘을 주었다. 울지 않으려고 필사적으로 마음을 붙잡았다. 그리고 머리를 들어서, 간신히 웃었다.

"다음에 또 올게."

우현은 몸을 돌렸다. 조금 후련해졌나. 아니, 오히려 무거워졌어. 자기가 가진 목숨에 민아의 무게가 더해졌다는 것을 실감 받은 기분이었다.

잘 가요. 오빠.

납골당을 나올 때, 그런 목소리를 들은 것만 같았다.

"누나가 뭐래요?"

집으로 돌아왔을 때, 불쑥 시헌이 물었다. 신발을 벗던 우현은 머리를 들어 소파에 앉은 시헌을 바라보았다. 머리를 돌리고 우현을 보고 있던 시헌의 표정은 그리 유쾌해 보이지는 않았다.

"…와줘서 고맙대."

우현이 어깨를 으쓱거리며 대답했다. 그 대답에 시헌은 눈을 깜박거리다가 풋하고 웃어버렸다. 낄낄거리며 웃던 시헌이 머리를 끄덕거렸다.

"누나답네요."

시헌은 그렇게 대답하고서는 몸을 일으켰다. 그는 헐렁한 자신의 왼쪽 소매를 힐끗 보고서는, 대충 옷깃을 묶어버렸다.

"오랜만에 같이 술이나 달릴래요?"

시헌이 웃으며 물었다. 그 물음에 우현은 눈을 동그랗게 떴다. 최근 들어서 술을 마시지 않았다. 내가 원래 술을 좋아했던가. 그런 생각에 마땅한 대답조차 구하지 못했다. 적어도 확실한 것은, 유빈투스 이후로 술을 마시지 않았다는 것 정도다.

"…뭐, 괜찮겠지."

"저랑 형, 둘이서만."

시헌이 말했다. 그 말에 선하가 눈을 동그랗게 뜨고 시헌을 보았다. 시헌은 쓰게 웃으면서 선하를 향해 머리를 꾸벅 숙였다.

"미안해요, 누나. 형이란 단 둘이서 하고 싶은 말이 있어서."

"…남자끼리 이상한 곳 가려는 것 아니야?"

선하가 눈을 흘기며 물었다. 그 물음에 시헌은 정색하고서 턱을 당겼다.

"제가 그런 사람으로 보여요?"

시헌의 말에 선하는 입술을 삐죽거리며 우현 쪽을 보았다.

"안 가, 그냥 동네 맥주집이나 가던가. 아니면…."

"삼겹살 땡기는데. 삼겹살에 소주나 마셔요."

시헌이 냉큼 끼어들어 말했다. 우현은 피식 웃으면서 머리를 끄덕거렸다.

"그럼 그렇게 하고."

여전히 의심스럽다는 시선을 날리는 선하의 배웅을 뒤로하고, 우현과 시헌은 집을 나왔다. 근처의 적당한 고기집에 들어갔다. 평일 저녁이기는 했지만 그리 한산하지는 않았다.

"저… 저기…."

삼겹살 3인분과 소주 두 병을 주문했다. 주문을 받던 점원이 슬며시 목소리를 꺼냈다. 어린 티를 채 벗지 않은 아르바이트생이었다. 그녀는 원형 테이블 위에 올라간 우현의 손을 힐끗 거렸다. 손등에 새겨진 헌터의 표식을 보고서, 그녀는 조심스레 물었다.

"…그… 맞나요? 제네시스 길드의…."

"아, 예."

제법 익숙해진 일이었다. TV에서의 인터뷰도 그렇고, 발할라와 라그나뢰크를 공략하면서 우현의 얼굴은 상당히 알려지게 되었다. 한국이 보유한 최고, 최강의 헌터. 전 세계에서 가장 뛰어난 헌터. 마찬가지로 세계제일의 자리에 올라 선 제네시스 길드와 그 연합의 실질적인 리더.

거창하고 낯부끄러운 수식어다. 하지만 우현이 그렇게 생각하고 싶지 않아도, 대외적으로서는 우현은 자타가 공인하는 정점이었다. 인터뷰와 방송 출연을 요청하는 전화도 항상 걸려오고 있다. 당장은 이쪽에서 일방적으로 무시하고는 있지만, 이런 일이 계속된다면 비서라도 하나 고용해야 하지 않을까 생각할 정도다.

"싸, 싸인 가능할까요?"

슬며시 묻는 말에 우현은 별 생각없이 머리를 끄덕거렸다. 그녀가 건네는 노트에 대충 자신의 이름을 적어주자, 이제는 가게 주인까지 나와서 싸인을 요청했다. 주인은 서비스를 잔뜩 주고 앞으로 계산을 받지 않을 테니 싸인을 벽에 걸어도 되냐고 물었다.

"…마음대로 하세요."

부끄럽게 해서 죽일 생각인가. 이제는 다른 손님들까지 와서 싸인을 요청했다. 하나하나 다 해주는 중에 고기가 나왔고, 자연스럽게 시헌이 집게를 잡았다.

"…미안해."

싸인을 다 끝내고 우현은 한 숨 돌리면서 말했다. 그 말에 시헌은 킬킬거리면서 웃었다.

"미안해 할 게 뭐 있어요? 형이 유명해서 그런 건데."

우현은 시헌에게서 집게를 받았다.

"팔 하나밖에 없는 게 이럴 때는 좋네요."

시헌이 넉살 좋은 미소를 지으면서 말했다.

"하고 싶은 말이 뭐야?"

우현은 시헌의 잔에 소주를 따르며 물었다. 젓가락으로 고기를 뒤집던 시헌은 어깨를 으쓱거렸다.

"별 특별한 것은 아니에요. 그냥, 슬슬 나가볼까 하고."

"나가? 어디를?"

"지금 사는 집."

시헌이 대답했다. 그 말에 우현의 눈이 동그랗게 뜨였다.

"나가겠다고?"

"네, 뭐. 돈도 많이 모았고. 내 집 마련은 모두의 꿈이잖아요?"

"뭐 불편해서 그래?"

"…아니, 그건 아니고."

시헌이 쓰게 웃었다. 그는 소주잔을 들어 우현을 향해

내밀었다. 우현은 조금 혼란스러운 얼굴로 시헌을 보았다. 그래도, 우현 역시 잔을 들어 시헌의 잔과 부딪혔다.

"형이랑 선하 누나, 사귀고 있잖아요."

"…그래서 나가는 거야?"

잔을 비웠다. 시헌은 입맛을 쩝쩝 다시면서 손으로 턱을 괴었다.

"둘이 아주 러브러브한데, 내가 있으니 조금 불편해 보이는 것 같아서."

"딱히 그렇게 생각한 적은…."

"형이 그렇게 생각 안 해도 내가 그렇게 느껴요. 둘이서 같이 살면 좋지 않아요? 매일 아침 선하 누나가 앞치마만 두르고 요리를…."

시헌이 실실 웃으면서 말했다. 우현은 떨떠름한 표정으로 시헌을 바라보았다. 시헌은 그 시선을 마주하고서 하던 말을 도중에 끊었다. 그는 낮게 헛기침을 하면서 우현의 잔에 소주를 따랐다.

"…죄송. 이것도 로망이라서."

"…음. 그렇기는 하지."

우현이 작은 목소리로 중얼거렸다. 아무 것도 입지 않고 앞치마만 입은 여자가 아침에 부엌에 서있는 것. 선하가 그러고 있는 것을 상상하니 얼굴이 화끈거렸다.

"…뭐, 네가 정 그렇다면야… 알았어. 집은 구한 거

야?"

"내일부터 알아보려구요."

시헌이 시원스레 대답했다. 우현은 말없이 머리를 끄덕거렸다. 잠깐 침묵이 오갔다. 침묵이 어색한 것인지 시헌이 잔을 들었다.

"형, 그거 알아요?"

불쑥 시헌이 입을 열었다. 그는 손으로 만지작거리던 소주잔을 들어 입 안으로 털어넣었다.

"저, 민아 누나 좋아했어요."

"알아."

우현이 대답했다. 무거운 얼굴, 무거운 목소리. 분위기를 무겁게 잡고 있던 시헌은 우현이 조금의 주저 없이 대답하자 입술을 헤 벌렸다.

"…알고 있었어요?"

"그렇게 티를 냈는데 뭘."

우현이 피식 웃으면서 말했다. 시헌은 눈을 끔벅거리더니 낮게 헛기침을 뱉었다.

"…그, 그런가. 나는 티 안 났다고 생각했는데."

"민아는 몰랐을 걸. 원래 그런 건 당사자가 못 느끼니까."

우현이 중얼거리는 말에 시헌이 피식 웃었다. 우현은 시헌의 잔에 다시 술을 채워주었다.

"…그게 조금 걸리네요. 차라리 말이라도 했을 걸. 까여도 좋으니까."

시헌이 투덜거렸다. 우현은 아무런 말도 하지 않고 시헌의 얼굴을 바라보았다. 시헌이 혼자 잔을 들어 올리자, 우현은 시헌을 제지하면서 자신의 잔을 들었다.

잔이 부딪혔다. 시헌은 단숨에 술을 비웠다. 술도 약하면서. 우현은 소주 몇 잔에 발갛게 달아오른 시헌의 얼굴을 보면서 피식 웃었다.

"혹시나 오해할까봐 말하는데."

붉어진 얼굴을 손으로 두드리던 시헌이 입맛을 다셨다.

"나는 형 원망 안 해요. 내가 짝사랑하던 민아 누나가 형을 좋아한 것도. 민아 누나가 형을 대신해서 죽은 것도. 아, 이거 말을 하니까 원망 안하는 것이 이상한 것 같은데. 어쨌든, 나는 진짜로 형 원망 안 해요."

"원망해도 별 상관없어."

고기를 씹던 우현이 말했다.

"어차피 좋은 말이 나올 상황도 아니었으니까. 네가 나 싫어해도 어쩔 수는 없지. 네가 나 한 대 때리고 싶어해도, 나는 말없이 그냥 맞아 줄 거야."

"아니, 그니까 그런 것 아니라구요."

시헌이 투덜거렸다. 그는 크게 숨을 뱉으면서 머리를

벅벅 긁었다.

"민아 누나는 만족했잖아요. 누나가 죽기 싫다고 울었
다면 또 몰라. …누나 얼굴 봤는데, 활짝 웃고 있었어
요."

"그래도 내 잘못이지."

거기서 무리하지 않았다면. 파고들지 않고 뒤로 뺐다
면. 생각해 보면 뻔히 보이는 구멍이었다. 그것에 미련
하게 몸을 던졌던 것은 다름 아닌 우현 자신이다.

그리고 몇 번을 후회해 봐야 그때로 되돌아갈 수 없다
는 것은 안다.

"…그래도 말하니까 가슴 후련하네. 괜히 쌓아두고 끙
끙 앓는 것보다 훨씬 편하고."

시헌이 피식 웃었다. 그는 우현의 잔에 소주를 채우며
물었다.

"67번 던전 공략, 어떻게 할 거예요? 형이 직접 갈 거
죠?"

"나는 당연히 가야지. 너는 어떻게 할 거야? 네가 원
한다면 빠져도 돼. 돈도 제법 모았다고 했지? 아예 은퇴
하는 건 어때?"

"…어이구. 은퇴하면 전 뭐 먹고 살라고. 빠질 생각도
없고 은퇴할 생각도 없어요. 기왕 이렇게 되었으니 끝까
지 가 봐야죠."

말은 그렇게 했지만, 당장 은퇴해도 상관없을 정도의 돈은 모여 있다. 쓸 곳도 마땅치 않았던 데다가 시헌은 가족 없는 홀몸이다.

"내 걱정은 하지 마요. 여기까지 아등바등 쫓아왔으니까."

시헌이 피식 웃었다.

"생각해 보면 나도 참 대단한 놈인데. 팔 하나 없어도 몬스터랑 잘 싸우고. 모아둔 돈도 많고, 앞으로도 돈 더 벌 거고. 형, 솔직히 말해봐요. 내가 못생겼어요?"

"…못생긴 얼굴은 아니지. 오히려 잘생긴 편 아니야?"

우현이 떨떠름한 얼굴로 물었다. 그 물음에 시헌이 크게 머리를 끄덕거렸다.

"그렇죠!"

시헌이 주먹을 불끈 쥐었다.

"팔 하나 없는 게 뭐, 하자라면 하자인데. 그래도 얼굴 이만하면 잘났지, 돈도 꽤 벌지. 성격도 둥글둥글하니 착하고, 제법 유머러스하고. 매너도 좋고."

시헌이 나불거리며 떠들었다. 이거 취했군. 우현은 쩝 입맛을 다셨다. 마시는 페이스가 제법 빨랐음은 인정하지만, 먼저 술 한 잔 마시자고 해놓고서는 저런 꼴이라니. 우현은 혀를 쯧쯧거리며 찼다.

"다 좋은데 술은 잘 못 마시네."

"술이야 뭐! 마시면 느는 거죠!"

시헌이 크게 웃었다. 그래, 그래. 우현은 시헌의 말에 맞장구를 치면서 혼자 잔을 비웠다. 시헌이 젓가락으로 고기를 뒤적거리면서 흥얼거렸다.

"아~ 나도 여친 사귀고 싶다아. 우현 형도 커플이고, 선하 누나도 커플이고. 나는 솔로고! 어디서 예쁜 여자 안 떨어지나~"

여자, 여자라. 우현은 턱을 긁적거리며 시헌을 바라보았다. 그러고 보니 시헌이 올해 21살이었지. 여자… 우현은 자신이 알고 있는 여자들을 떠올렸다. 떠올리고서 곧바로 후회했다. 그가 알고 있는 여자들이라고 해 봐야 태반이 죽어버렸으니까.

"…발레리아는 어때?"

"범죄자잖아요! 예, 예쁘기는 하지만. 그런데 세르게이가 무서워서…."

하긴 그렇지. 세르게이는 자신의 여동생인 발레리아는 끔찍이도 챙겼다. 만약 시헌과 발레리아가 불장난이라도 벌였다가는, 세르게이가 악을 쓰며 시헌을 죽이려 들 것이다.

"…아."

문득, 스쳐지나가는 얼굴이 있었다. 우현은 낮게 헛기침을 하고서 입을 열었다.

"시헌아."

"예?"

시헌이 눈을 끔벅거리며 우현을 보았다. 우현은 턱을 만지작거리며 시헌의 얼굴을 바라보았다. 얼굴도 저 정도면 어디서 꿀리지는 않고, 성격도 좋고. 저 정도면….

"…내가 여자 소개시켜 줄까?"

"몇 살? 예뻐요?"

시헌이 곧바로 되물었다.

"나이는 이제 스무 살이고. 대학생이야. 얼굴도 예쁜 편… 이라고는 생각하는데."

그 말에 시헌은 꿀꺽 침을 삼켰다. 새내기 대학생! 술이 확 깨는 기분이었다. 고작 몇 달 전만 해도 여고생이었다는 말 아닌가. 시헌은 떨리는 가슴을 진정시키며 물었다.

"누… 누군데요?"

"내 여동생."

시헌의 입이 떡 벌어졌다.

"뭐어?"

현주가 입을 반쯤 헤 벌렸다. 우현은 이쪽을 쏘아보는 현주의 시선을 받으면서 낮게 헛기침을 했다.

"괜찮은 녀석이야."

우선 그렇게 말을 시작했다. 맞은편에 앉은 현주는 어

처구니가 없다는 듯 헛웃음을 흘렸다. 그녀는 스틱으로 앞에 놓인 커피를 휘휘 저으면서 머리를 흔들었다.

"오빠."

실실 웃던 현주가 입을 열었다. 그런 현주의 모습을 불안한 얼굴로 보고 있던 우현이 꿀꺽 침을 삼켰다.

"응?"

우현이 대답했고,

"좀 당황스럽다."

현주가 정색하고서 말했다. 역시 그렇겠지. 우현은 시무룩한 얼굴로 어깨를 떨구었다. 커피를 홀짝거리며 마시던 현주는 우현의 처진 어깨를 보며 혀를 찼다.

"너무 갑작스럽잖아."

현주가 투덜거렸다. 하긴, 그야 그렇겠지. 대뜸 불러내서는 남자 소개시켜준다는 말을 뱉어버렸으니까. 우현는 어색한 웃음을 지으면서 뒤통수를 긁적거렸다.

"그… 그렇지?"

"…그래서, 어떤 사람인데?"

마음 같아서는 뭐라고 더 쏘아붙이고 싶었지만, 현주는 일단 참았다. 오빠가 소개시켜준다는 남자가 어떤 사람인지 궁금하기도 했으니까. 현주의 매서운 시선에 우현은 슬며시 입을 열었다.

"괜찮은 녀석이야."

"그거, 못생긴 사람한테 그래도 착하다고 말하는 것이랑 뭐가 달라?"

"아니, 못생긴 건 아닌데…."

우현은 머리를 긁적거리며 대답했다. 시헌의 얼굴 정도면 어디서 못생겼다는 소리는 듣지 않을 텐데. 그렇게 빼어나게 잘생긴 것도 아니지만. 우현은 자신의 관점에서 본 시헌의 얼굴을 현주에게 설명해 주었다. 눈에는 쌍꺼풀이 있고, 코는 꽤 높은 편이고… 그렇게 나불거리며 설명을 하는데, 현주가 미간을 찡그리며 물었다.

"사진 없어?"

아, 사진. 우현은 핸드폰을 꺼냈다. 다행히 시헌의 카톡 프로필은 자신의 얼굴이었다. 보기 민망한, 오그라드는 상태 메시지가 아닌 것이 새삼 다행이라고 느꼈다.

"…귀엽게 생겼네."

현주가 머리를 끄덕거리며 중얼거렸다. 그 대답에 우현은 반색하여 환히 웃었다.

"그렇지?"

왜 내가 좋아해야 하는 것인지는 모르겠지만, 우현은 현주의 표정을 살피면서 계속해서 말했다.

"원래 나랑 같이 살았는데, 이번에 따로 나가서 독립한데. 전세 아니라 아예 구입하는 쪽으로."

마이 홈은 모두의 로망 아니겠는가. 우현은 시헌이 집

을 '구입'한다는 것을 강조했다. 집 있는 남자, 경제력 있는 남자는 어디에서나 먹힌다.

"그리고 나이도 너랑 별로 차이 안 나. 얘가 스물 둘이니까, 너랑 두 살 차이지. 너 연상 좋아하지 않아?"

한 때는 연하남이 득세하기도 했지만, 연상남은 연하남이 가질 수 없는 매력을 잔뜩 가지고 있다. 기대고 싶은 남자. 이끌어주는 남자. 다정다감한 오빠부터 시크한 오빠, 차가운 도시 오빠 등.

"돈도 잘 벌지. 정확히 얼마나 버는지는 모르겠는데, 아마 나보다 조금 못 벌 거야. 얘 나이에서 얘만큼 버는 사람, 우리나라에는 없을 걸."

과장 없는 사실이다. 헌터, 그 중에서 최상위급. 그 정도의 헌터가 마음먹고 하루 던전에서 버는 수익은 어지간한 직업의 한 달 월급보다 많다.

"게다가 씀씀이도 커. 아마 선물도 많이 해 줄걸."

"오빠."

현주가 우현의 말을 끊었다. 현주는 입술을 삐죽거리며 우현을 흘겨보았다.

"내가 무슨 명품에 환장한 된장녀 같아?"

"…아니, 그건 아닌데. 그래도 너 명품 좋아하지 않아?"

"명품 싫어하는 여자가 어디 있어? 물론, 나 명품 좋아하기는 해. 그런데 환장하지는 않는단 말이야. 오빠가 주는 용돈도 거의 저금하는 걸."

현주가 투덜거렸다.

"저금? 저금은 왜?"

우현이 머리를 갸웃거리며 묻자, 현주는 헛웃음을 흘리며 머리를 흔들었다.

"이 인간이 진짜. 자기 동생에 대해서는 아무 것도 모르네. 나 유학 갈 거야. 지금 말고, 몇 년 있다가."

"유하아악?"

우현이 입을 쩍 벌렸다. 그런 이야기는 금시초문이다. 우현의 반응을 보고 현주는 그럴 줄 알았다는 듯이 머리를 흔들었다.

"봐, 진짜 하나도 모르잖아. 나중에 엄마나 오빠한테 도와달라고 하기 쪽팔려서, 지금부터 내가 준비하는 거야. 방학 되면 상황 봐서 과외나 다른 아르바이트도 할 거고."

"…그, 그래? 유학… 유학이라니… 어디로?"

"그건 아직 안 정했는데. 일단 계획만 세워뒀어. 음… 그래도 굳이 가고 싶은 나라라면, 호주… 그래. 호주 가보고 싶어."

"호주!"

우현이 놀란 소리를 냈다. 그 순간 그의 머리를 스친

것은, 과거의 우현이 즐겨 보던 야동들이었다. 호주 유학녀, 유학 보내놨는데 남자랑… 그런 온갖 문란한 제목들이 우현의 머리를 스쳤다. 우현의 손이 부들거리며 떨렸다.

"호… 호주는 안 돼."

우현이 더듬거리며 말했다. 그 말에 현주가 미간을 찡그렸다.

"왜?"

"일단 호주는 안 돼. 그런 줄 알아."

"…아직 확정된 것 아니라니까 그러네. 그, 소개시켜 주겠다는 남자 얘기나 더 해 봐. 나랑 동갑에, 직업은 헌터지?"

"응, 헌터야. 나랑 같은 길드인데, 초기 멤버고 헌터 등급도 SS야."

"높은 거야?"

"당연히 높은 거지. 그리고… 이게 중요한데."

우현이 꿀꺽 침을 삼켰다. 그는 현주의 표정을 삼키면서 조심스레 입을 열었다.

"얘가 왼 팔이 없어."

현주의 입술이 헤 벌어졌다. 우현은 넋이 나간 현주의 얼굴을 보면서 급히 말을 덧붙였다.

"그게, 옛날에… 아니 옛날이 아니라. 아직 일 년도 안 되었는데, 그때 사고가 있었거든. 따지고 보면 내 책임으로 벌어진 일이라…."

"그거 커버하고 싶어서 나 소개시켜 주는 거야?"

현주가 눈을 매섭게 뜨고 물었다. 그 질문에 우현은 곧바로 머리를 흔들어 부정했다.

"아니, 그건 아니야. 그럴 리가 없잖아. 단순히… 얘 이름이 시헌이거든. 시헌이가 괜찮은 놈이기도 하고, 너도 남자친구 없잖아. 둘이 잘 어울릴 것 같아서 소개시켜주는 거야."

"…헌터니까. 팔이 하나 없다고 대뜸 그러니 좀 놀라긴 했는데… 그건 괜찮아. 나 그런 편견 없어."

현주가 머리를 끄덕거리며 말했다. 그 대답에 우현은 안도의 한숨을 내쉬었다. 왜이리 덥냐. 우현은 셔츠의 단추를 몇 개 풀면서 이마를 적신 땀을 손등으로 훔쳤다. 아직 봄인데, 현주와 마주 앉아 이런 이야기를 하고 있으니 긴장되고 떨려서 땀이 다 흘렀다.

"…그럼 만나볼래?"

우현이 슬며시 운을 뗐다. 그 말에 현주는 대답하지 않고 입술을 삐죽거리며 손끝으로 탁자를 두드렸다.

"나 개강하면 새내기라고 이쁨 많이 받을 거야."

현주가 입을 열었다.

"내 입으로 하기는 좀 그런데, 나 쫌 예쁘게 생겼잖아.

여기저기서 대쉬도 많이 받을 거고, 복학생 오빠나 선배들도 나 노릴 거야."

그 정도 수준인가. 우현은 마주 앉은 현주의 얼굴을 빤히 보았다. 솔직히 제법 예쁘게 생겼다는 것은 인정하는데. 남매다 보니까 잘 실감이 되지 않는다.

"다른 과랑 미팅도 할지도 모르고, 클럽도 다닐 지도 몰라."

"그건 안 돼."

우현이 단호하게 말했다. 그 말에 눈을 깜박거리던 현주가 머리를 갸웃거렸다.

"왜? 나 이제 성인인데."

"그런 곳은 가면 안 돼."

이게 이런 기분이군. 매일 보던 여동생이 성인이 되어서, 술을 마시고 남자를 만나고. 클럽 다니고. 현주가 노출 많은 옷을 입고 클럽에서 춤을 추는 것을 상상해 본다. 그런 현주에게 다른 남자가 달라붙어서 몸을 더듬고. 우현의 주먹이 부들거리며 떨렸다.

"…클럽은, 클럽은 안 된다."

우현이 부들거리는 목소리로 말하자 현주가 피식 웃었다.

"오빠 조금 변했어."

현주가 키득키득 웃었다.

"변했다고?"

"응. 예전이라면 내가 클럽 가든지 말든지 신경도 안 썼을 텐데. 지금은 진심으로 가지 말라고 말하잖아."

예전이라면 그랬을 지도 모르지. 우현은 피식 웃었다. 그때에는 현주와도 그렇게 친하지 않았으니까. 오히려 사이가 나빴다. 현주 쪽은 어떻게 생각했을지 모르지만, 과거의 우현은. 방에 틀어박혔던 우현은, 현주를 싫어했다.

그 이유는 현주에 대한 열등감 때문이었다. 현주는 우현의 동생이었지만, 우현과 비교하면 친 동생이라 믿기 힘들 정도로 뛰어났다. 별 특징 없는 우현과는 달랐다. 현주는 언제나 최상위 성적에 머물렀고, 공부뿐만이 아니라 대부분의 운동도 능숙했다. 얼굴도 예쁜 축이었고, 친구도 많았다.

친 동생이지만. 아니, 친 동생이라서 더더욱. 비교되고 싶지 않았다. 열등감이 괴물처럼 꿈틀거렸다. 그래서 우현은 현주를 외면했다.

지금은 아니다.

"클럽은 농담이야. 나 시끄러운 곳 별로 안 좋아해. 미팅은 뭐… 남친 생기면 안 가겠지."

"…그럼?"

"소개 받을게. 뭐… 오빠가 번호 알려줄 거야? 아니면 오빠가 주선해서 따로 만나던가."

"그건 내가 시헌이한테 물어볼게."

우현은 활짝 웃으며 머리를 끄덕거렸다. 현주는 그런 우현의 웃음을 보고 눈을 깜박거렸다.

"오빠, 잘 웃네."

현주가 배시시 웃었다. 그 물음에 우현은 멈칫하여 손을 들어 뺨을 어루만졌다. 자연스럽게 올라간 입꼬리가 손끝에 걸렸다.

"…그래?"

"응, 전에는 뭔가… 말을 걸기 힘든 분위기였어. 오빠 계속 쓰러지고, 병원 입원하고 그랬었잖아."

행방불명되고. 현주가 덧붙였다.

"그때마다 뉴스에서 난리였으니까. 엄마도 걱정 많이 했고, 나도 그렇고. 오빠한테 부담주기 싫어서 말은 안 했지만… 오빠 웃는 거 보니까 되게 좋다."

가슴이 조금 울리는 말이었다. 예전에는 왜 그랬을까. 그런 생각이 어렴풋이 들었다. 열등감에 찌들어서. 누구 랑도 소통하지 않고, 자기만의 세상에 스스로를 가두고.

'당신 덕분이야.'

우현은 김호정의 기억을 떠올렸다. 그는 죽었을 테지 만, 그의 기억은 우현을 바꾸었다.

"…나도 동생이랑 이런 얘기 하니까 좋네."

"어우, 오그라들어."

현주가 굽힌 손가락을 들어 올리며 키득거렸다. 나도 그래. 우현은 덧붙이면서 웃었다.

"오늘 엄마 일찍 온다고 했는데, 오빠 집에 올 거지?"

"가야지. 그러려고 왔으니까. 좋은데서 외식이나 할까?"

"외식? 귀찮게 무슨 외식이야. 고기나 사서 집에서 구어 먹어. 나는 그게 더 편해."

현주가 핸드폰을 들어 시간을 확인했다. 아직 4시가 조금 지나 있었다.

"지금 바로 마트 가서 장 보면 되겠다. 엄마한테는 내가 전화할게."

그렇게 말하고서는, 현주의 입술이 씰룩거렸다. 현주가 짓궂은 미소를 지었다.

"아니다. 오빠, 오빠네 집 가도 돼?"

"…뭐?"

현주의 갑작스러운 물음에 우현의 눈이 동그랗게 뜨였다.

"오빠 여자친구. 엄마한테 소개 안 해 줄 거야? 그리고 나한테 소개시켜준다는 사람도 아직 그 집에 있을 거 아니야. 기왕 이렇게 된 거 다 같이 한 번 만나면 편하잖아. 나도 그 사람 따로 안 만나도 되고."

갑작스러운 전달이었지만 선하는 즉각적으로 반응했다. 소파에 퍼질러 누워 신선놀음 하듯이 TV를 보던 시헌 역시 부리나케 움직였다. 대대적으로 청소가 시작되었다. 우선 시헌은 베란다의 재떨이를 깔끔이 비웠고, 베란다와 2층 복도에 청소기를 돌리고 걸레질을 했다.

"어, 언제, 언제 온다고 했죠?"

시헌이 1층을 향해 고함을 질렀다.

"7시!"

빽하고 선하가 소리 높여 대답했다. 1층 거실에 걸레질을 하던 선하는 급히 머리를 돌려 시간을 확인했다. 오후 5시. 아직 여유시간은 두 시간 있다. 아니, 그런데 시간을 딱 맞춰서 오리라는 보장이 없잖아. 어쩌면 더 일찍 올 지도 몰라. 선하의 움직임이 바빠졌다.

"2층 다 끝냈어?!"

"좀 봐줘요 누나!"

시헌이 울상을 지으며 외쳤다. 열심히 걸레질을 하고는 있었지만 한 손으로 걸레질을 하려니 잘 되지 않는다. 하지만 마음이 급한 선하에게는 시헌의 대답이 변명처럼 들렸다.

"스위치를 써!"

선하가 소리 질렀다. 스위치는 무슨, 단순 걸레질에. 시헌은 투덜거리면서도 투기를 이용해서 걸레질을 하기 시작했다.

'…잘 되기는 하네.'

스위치가 가진 의외의 효능에 내심 놀라면서 걸레질에 집중했다. 계단을 뛰어 올라 온 선하가 시헌이 주저앉아 걸레질을 하고 있는 2층 복도를 확인했다. 벽에 걸린 액자의 위를 손끝으로 쭉 훑는 선하를 보며 시헌의 얼굴이 일그러졌다.

"아니, 뭘 그렇게까지…."

"해야 돼."

선하가 힘을 주어 말했다. 외침은 아니었지만 똑 부러지는 그 목소리에 시헌은 항변을 그만두었다.

"예, 닦을게요."

시헌이 시선을 떨구며 머리를 끄덕거렸다.

"어머님이 될 지도 모른단 말이야."

선하가 안절부절하며 중얼거린 말에 시헌이 헛웃음을 흘렸다.

"허참, 김칫국은."

들리지 않게 작게 중얼거린 말이었지만 용케도 들은 선하가 눈을 부라렸다. 이쪽을 노려보는 매서운 시선에 시헌은 찔끔하여 턱을 움츠렸다. 눈에 힘을 잔뜩 주고 시헌을 노려보던 선하가 몸을 홱 돌려 1층으로 내려갔다.

"…나, 나가길 잘했다."

아마 계속 이 집에 살았다가는 말라 죽어버릴 거야. 시헌은 이마를 타고 흐르는 식은땀을 닦아냈다.

야외에서 바비큐를 할까. 야외용 바비큐 그릴은 있다. 하지만 아직은 봄이라, 밤이 되면 밖은 좀 춥다. 그러면 어디서? 한참을 고민하던 선하가 우현에게 전화를 걸었다.

[안에서 구어 먹자. 신문지 깔고.]

우현이 대수롭지 않게 말했다. 바닥에서 구워먹자고? 선하는 넓은 거실을 바라보았다. 문제될 것은 없다. 신문지를 깔고, 불판 깔고. 버너 정도는 가지고 있다. 고기는 우현과 우현의 여동생이 사오기로 했고. 거실의 청소도 이만하면 깔끔하다. 우현의 어머니가 온다면 살림살이 잘하는 며느리의 모습은 보여줄 자신이 있다.

그렇다면 나는? 선하는 급히 핸드폰을 꺼내 자신의 얼굴을 비추어 보았다. 아무리 여자라고 해도, 동거를 거의 반년이 넘도록 했으니 매일매일 화장은 하지 않게 되는 법이다. 화장기 없는 밋밋한 얼굴이 보였다. 선하의 얼굴이 차갑게 굳었다.

"시헌아!"

선하가 빽하고 고함을 질렀다.

"네!"

2층에서 창틀 걸레질에 몰두하던 시헌이 후다닥 뛰어 선하의 앞에 섰다. 선하는 자신의 앞에 선 시헌을 노려 보며 자신의 얼굴을 들이 밀었다.

"솔직하게 말해봐."

"뭐, 뭘요?"

시헌이 꿀꺽 침을 삼키며 되물었다. 선하는 크게 숨을 삼켰다.

"지금 내 얼굴, 어때?"

"…그냥, 평소랑 똑같은데요."

시헌이 떨떠름한 목소리로 대답했다. 화장을 하지 않은 얼굴이어도 선하는 충분히 미인이다. 그런 의미로 평소와 똑같다고 한 말이었다. 선하의 기준을 채우기에는 턱없이 부족한 답이었다.

"어떻게 똑같은데?"

"그냥 뭐… 예쁘고…."

시헌의 대답에 선하는 더 이상 그의 말을 듣지 않았다. 선하는 냉큼 자신의 방으로 들어가버렸다. 그리고서는 화장대의 앞에 앉아 자신의 얼굴을 노려 보았다. 너무 과하게는 안 돼. 그렇게 되었다가는 너무 티를 내게 될 테니까. 그러니까, 적당히. 적당히, 그러면서도 공들여서. 진하게는 말고… 한 듯 안한 듯. 머릿속에 그린 그림이 제법 뚜렷해 졌을 때, 선하는 자리를 박차고 일어났다.

먼저 세수다.

"여기가 오빠가 사는 집이야?"

현주가 입을 반쯤 벌리며 물었다. 우현이 선하네 집에서 살기 시작한지 제법 오래되었지만, 우현의 가족은 아직 한 번도 선하의 집에 방문했던 적이 없었다.

"…뭐, 드라마 세트장이야?"

현주가 입을 반쯤 벌리고서 중얼거렸다. 우현이 처음 느낀 감상과 똑같았다. 선하의 집은 너무 크다. 드라마에서 부잣집으로 나오는 집처럼, 큼직한 정문과 담벼락. 그 안의 정원, 정원을 지나고서 나오는 커다란 저택.

"여기가 그 아가씨네 집이니? 너와 사귀는 그 아가씨."

어머니가 묘한 눈빛을 보내면서 물었다. 우현과 현주는 어머니가 퇴근하는 시간에 맞추어 장을 보았고, 곧바로 어머니와 함께 선하의 집 앞으로 왔다. 현주가 키득거리며 우현의 옆구리를 찔렀다.

"어디까지 갔어? 응? 아니, 얼마나 됐어? 같이 살았으니까 다 해봤지?"

"…으흠."

우현이 낮게 헛기침을 뱉었다. 여동생을 상대로 이런 질문을 듣는 것은 조금 난감했다. 솔직하게 전부 다 해

봤다고도 대답할 수 없잖은가. 우현은 슬쩍 현주에게 눈치를 주었고, 현주가 픽 웃으면서 혀를 냉큼 내밀었다.

초인종을 누르자 곧바로 목소리가 들렸다. 도착하기 10분 전에 반드시 연락을 달라고 선하가 신신당부를 했는데, 아마 그 후로 쭉 문 앞에서 대기하고 있었던 모양이다. 곧바로 문이 열렸다. 우현은 가족을 데리고 정원을 지나 저택의 문 앞에 섰다.

문고리를 잡아 돌리기도 전에 문이 열렸다. 우현은 현관 앞에 선 선하의 모습을 보면서 순간 말문이 막혔다.

나름대로 신경을 썼다는 것이 확실히 느껴질 정도였다. 화장은 엷었지만 눈썹 하나 그리는 것에 온갖 공을 기울였기에, 지금 보이는 선하의 얼굴은 마주하는 것만으로도 압도될 정도였다. 곁에 선 현주가 입을 벌리고 등 뒤의 어머니가 탄성을 흘리는 소리가 들렸다.

"안녕하세요."

선하가 머리를 꾸벅 숙였다. 그녀는 오늘을 위해, 언젠가부터 생각해둔 대사를 읊었다.

"우현이와 교제하고 있는 강선하라고 합니다."

별 것 아닌 말이지만 몇 번이고 생각하고, 다듬었던 말이다. 목소리의 높이, 말의 속도. 입술의 움직임과 표정. 선하는 다소곳이 머리를 숙였고, 선하의 목소리와 동작의 연계는 보는 우현이 다 감탄할 정도로 단아했다.

"아… 네. 그래요."

그에 압도당한 것은 우현 뿐만이 아니었다. 현주도, 어머니도. 어딘가 넋이 나간 모습으로 머리를 끄덕거리며 선하를 바라보았다. 그 반응에 선하는 내심 주먹을 불끈 쥐었다. 첫 인상은 성공이다.

선하의 안내를 받아 우현의 가족이 집 안으로 들어갔다. 준비는 완벽히 되어 있었다. 신문지는 조금의 흐트러짐 없이, 바닥에 정사각형 모양으로 깔려 있었다.

"아… 안녕하세요."

신문지의 구김을 펴고 있던 시헌이 슬며시 몸을 일으켰다. 시헌 역시 깔끔한 모양새였다.

"이, 이시헌이라고 합니다."

시헌이 꾸벅 머리를 숙였다. 그는 우현의 뒤편에 선 현주의 얼굴을 힐끗 보았다. 선하의 기세에 밀리기는 했지만 현주 역시 제법 미인이다. 거기에 이제 갓 스무 살, 파릇파릇한 새내기. 시헌은 꿀꺽 침을 삼켰다. 우현은 거실에 펼쳐진 광경에 잠깐 멍해졌다가, 조금 늦게나마 정신을 차렸다. 그는 뒤를 돌아 어머니와 현주에게 선하와 시헌에 대해 정식으로 소개했다.

"아… 네. 얘기는 많이 들었어요. 만나서 반가워요."

그리고 고기가 구워지기 시작했다. 아공간에서 꺼낸 고기는 차갑게 식혀져 있었다. 다섯 명의 사람이 신문지

위에 둘러 앉아 버너 위에서 달궈지는 고기판을 바라보았다. 어색한 공기가 흘렀다.

"…미인이네요."

"말씀 편하게 하셔요."

선하가 예의바른 미소를 지으며 말했다. 그런 선하를 힐끗거리면서 현주가 우현의 옆구리를 쿡 찔렀다. 우현이 현주를 힐끗 보았다. 바닥에 내려간 현주의 손가락이 핸드폰 액정을 빠르게 두드렸다.

[뭔 연예인이야?]

현주의 질문에 우현은 피식 웃었다. 가족한테 자기 여자 친구가 인정을 받으니 기분이 좋을 수밖에.

어느 정도 분위기가 풀어지기 시작했다. 선하는 시종일관 예의바른 미소를 지으며 우현의 가족을 상대했고, 어머니와 현주도 그런 선하에게 호의적인 미소를 지으며 이야기를 나누었다.

졸지에 고립된 것은 시헌이었다. 묵묵히 고기를 뒤집던 시헌이 우현에게 도움의 눈길을 보냈다. 우현은 그 시선을 정확하게 캐치했다. 시헌과 몇 번이나 손을 맞추며 던전을 돌고 몬스터를 쓰러트렸다. 굳이 말을 하지 않고 시선만 나누어도 그 의중은 읽을 수 있다.

우현이 현주의 귀에 대고 무어라 소곤거렸다. 그 말에 현주는 슬며시 시헌을 보았다. 시헌은 각을 잡고 앉고서는 어깨를 쫙 폈다. 시헌을 보는 현주의 표정이 슬며시 풀어졌다. 사진보다 낫네. 현주는 내심 머리를 끄덕거렸다.

"교제한지는 얼마나 된 거니?"

어머니가 물었다.

"43일입니다."

우현이 수를 헤아리고 있을 때, 선하가 냉큼 대답했다. 그렇게나 되었던가. 선하는 숫자를 제대로 대답하지 못한 우현 쪽을 흘겨보았다. 그 시선에 우현은 낮게 헛기침을 하며 선하의 시선을 피했다.

술잔이 오갔다. 선하는 조심스레 잔을 받아 머리를 돌려 마셨고, 우현의 어머니는 그런 모습조차 마음에 든다는 듯이 흐뭇하게 웃었다. 트집 잡으려고 해도 별 하자가 보이지 않으니 당연한 일이었다. 얼굴 예뻤고, 성격 괜찮아보였고, 집 좋고. 부모님에 대해서는 오는 길에 우현에게 들었다. 별 상관없다고 여겼다.

"그럼, 오빠가 에이스인 거예요?"

현주와 시헌도 제법 편하게 대화를 나누었다. 현주가 은근한 표정으로 묻자, 시헌이 우현을 힐끗 보았다. 도움을 바라는 시선이었다. 우현은 머리를 끄덕거리며 말을 덧붙였다.

"에이스 맞아. 딜러 중에서 시헌이만큼 활약하는 헌터

가 드무니까."

괜히 하는 말은 아니었다. 우현의 대답에 시헌이 거
보라는 듯이 현주를 향해 히죽 웃었다. 그래봤자 헌터의
이야기라 현주는 그리 와닿게 느끼지는 못했다. 그냥
아, 그렇구나. 이 정도로 느낄 뿐.

불판이 비었지만 자리는 접히지 않았다. 사소한 잡담
이 오갔다. 새삼 생각해보면, 지금의 우현으로서는 어색
하고도 좀 거리가 멀었던 자리다. 조금 낯이 간질거리는
느낌이었다. 항상 맡던 쇠의 냄새, 몬스터의 피냄새. 빠
르게 뛰는 심장의 고동. 누군가의 비명, 몬스터의 비명.

그것이 전혀 없는 세상.

"왜 그래?"

곁에 앉은 선하가 우현을 힐끗 보며 물었다. 그 물음
에 우현은 정신을 차리고 선하를 돌아보았다.

"아무 것도 아니야."

우현은 피식 웃었다. 잠깐, 아주 잠깐. 적어도 오늘만
은.

내일부터는.

◎

"죄를 사해줄 수는 없어."

대뜸 안젤라가 입을 열었다. 그녀의 말에 우현은 눈을 깜박거리더니 어깨를 으쓱거렸다.

"그것을 바라는 것은 아닙니다만."

우현은 그렇게 대답하면서 안젤라의 얼굴을 바라보았다. 안젤라는 지난번에 보았던 것처럼 여유가 흐르는 얼굴이었지만, 그녀의 눈동자는 이전과는 다른 어떤 경계를 품고 있었다.

"그러면 무슨 볼일로? 너와 나 사이에 나눌 이야기는 그다지 없다고 보는데."

"마냥 없는 것은 아니죠. 일단은 협력관계 아닙니까."

우현이 느긋한 목소리로 답했다. 그 대답에 안젤라는 작게 혀를 차며 커피잔을 들었다. 입술로 잔을 물고, 안젤라는 눈을 가늘게 뜨고서 우현을 쏘아보았다.

너무 커버렸어.

그런 생각을 했다. 사실 당연한 일이고, 또 언젠가는 이리 될 일이었지만. 성장이 너무 빨랐다. 현재 제네시스 길드와 그 연합은 독주하고 있다. 그들을 막거나, 혹은 따라잡을 수 있는 역량과 규모의 길드가 없다.

안젤라는 우현에게 세르게이의 신병을 양도하는 대가로 일정량의 마석을 꾸준히 제공받기로 했었다. 안젤라는 그렇게 제공받은 마석을 브로커를 통해 시장에 풀기도 하고, 제네시스의 독주를 막기 위해 다른 길드에게 헐값에 넘기기도 했다.

'근데 다 죽어버렸어.'

마신 커피가 쓰게 느껴졌다. 안젤라는 한숨을 삼키며 잔을 내려놓았다. 럭키 카운터가 너무나도 허무하게 몰락해 버렸다. 그래도 64번 던전까지는 럭키 카운터가 확연히 밀리기는 했어도, 어느 정도는 제네시스의 뒤를 쫓는다는 느낌은 있었는데.

'발할라에서 전력의 대부분을 상실했고, 그 후에는 66번 던전에서 몰살당했어.'

65번 던전에서는 볼크의 길드 마스터가 죽었고, 66번 던전에서는 막시언 밀리베이크. 그 남자가 죽었다. 유일하게 살아남은 김상규는 연합을 이끌 수가 없게 되었다.

자연스럽게 살아남은 헌터들은 제네시스에게 잡아 먹혔다.

덕분에 난감하게 된 것은 안젤라 쪽이었다. 제네시스가 독주하고, 우현이 헌터의 정점에 올랐다. 안젤라가 헌터 협회의 총 회장을 맡고는 있지만, 그것은 어디까지나 안젤라가 가진 재력 때문이지 그녀가 뛰어난 헌터기 때문은 아니다.

'그 재력 역시 언제든지 역전이 가능해.'

안젤라는 입술을 잘근 씹었다. 압도적인 강함, 거기에 마석을 생산할 수 있는 능력. 게다가 우현은 대중에게 보이는 이미지도 좋다. 막시언의 경우에는 스스로가 자신이 잘난 줄 알았기에 오만한 구석이 없잖아 있었지만, 우현이 대중에게 보이는 모습은 막시언과는 전혀 달랐다.

싸인 요청을 거절하지 않고, 동네 고기집을 드나들고. 마트에서 스스로 카트를 끌면서 쇼핑을 하고. 좋은 집에서는 살고 있는 모양이지만 막시언의 저택과는 비교도 할 수 없는 작은 집이다. 예부터 가진 자가 소탈한 생활을 하면 그것 자체가 호감을 주는 법이다.

"…협력관계니까. 단순히 친교를 다지고 싶어서 온 거야?"

"뭐 그것도 있고. 정확히는 세르게이의 이야기입니다만."

우현이 웃으며 말했다. 역시 그렇겠지. 안젤라는 미간을 찡그리며 우현을 쏘아보았다. 파블로브 파블로비치 세르게이. 고스트 헌터, 범죄자. 동료 헌터를 몰살시키고 자격이 박탈당한 뒤, 고스트가 되어 다시 몇 십 명의 헌터를 죽인 살인자. 자신과 같은 고스트 헌터를 모아 서커스를 만든 단장.

"정확히 어떤?"

"별다른 문제가 없다면 지금처럼 제 쪽에서 관리하고 싶습니다만."

안젤라의 눈썹이 꿈틀거렸다. 애초에 마석을 지속적으로 제공하는 것을 대가로 세르게이의 신변을 양도했던 것이다. 안젤라로서는 마석이 계속해서 공급된다면 세르게이에 관해서는 별 트집을 잡고 싶지 않았다.

"그건 여태까지와 똑같잖아. 굳이 날 만나서 할 말은…."

"그리고 마석의 공급. 조금 줄이고 싶은데."

본론을 던졌다. 그 말에 안젤라의 얼굴이 차갑게 식었다.

"뭐?"

되묻는 말에 우현은 표정 하나 바꾸지 않고 말을 이었다.

"한 달에 다섯 개 정도면 될 것 같습니다만. 지금 협회 쪽으로 공급하는 마석의 양은 너무 많습니다. 그렇게 공급한 마석이 시장에 풀려 시세를 조정하는 것도 아니고."

안젤라의 얼굴이 일그러졌다. 우현에게서 주기적으로 상납받은 마석은 현재 안젤라가 개인적으로 묵히고 있었다. 마석을 너무 푼다면 시세가 떨어진다. 조금씩, 조금씩 마석을 시장에 풀고. 지원할 만한 길드와 헌터가 있다면 그쪽에도 마석을 헐값으로 넘기고.

'뻔하지.'

우현은 피식 웃었다. 안젤라가 무슨 생각을 하고 있는
지는 뻔히 보였다. 수요가 많고 공급이 적다면 값이 오
른다. 하지만 공급이 많아진다면 당연히 값은 떨어진다.
공급이 과할 경우 결국 똥값이 되어 버린다.

안젤라는 헌터기는 하지만 헌터가 아니다. 그녀는 협
회장이고, 그녀가 운영하는 협회는 하나의 기업이라고
봐야 한다. 그리고 협회의 뒤에 버티고 있는 것은 안젤
라의 부친이 가진 거대한 자본. 결국 안젤라는 헌터의
이익이 아닌 자신의 이익을 따진다.

그리고 그것은 우현도 마찬가지다. 안젤라나 우현이
모든 헌터의 이익을 챙겨주고 싶었더라면 얼마든지 그
리 할 방법은 있었다. 하지만 하지 않았다. 모두가 행복
하고 편할 수는 없는 법이니까.

그러니, 우현은 자신의 이익을 챙기기로 마음먹었다.
안젤라에게 공급하던 마석의 양을 줄인다. 한 달에 다섯
개 정도로도 안젤라가 얻고자 하는 이득을 충분히 챙길
수는 있을 터.

"협회장님이 원하는 것은 결국, 마석을 팔아 얻는 이
득 아닙니까. 지금 협회장님이 보유한 마석과 앞으로 저
에게 받을 마석. 그 정도면 적당히 텀을 주고 푼다는 가
정 하에 꽤 많은 돈을 만질 수 있을 겁니다."

안젤라를 탓하고 싶지는 않았다. 협회는 소속 헌터에

게 그만한 대가를 지불한다. 돈이 되지 않고 가공할 수 없는 몬스터의 사체를 들고 와도 그에 나름의 값을 치러 주어야 한다. 당장 돈이 벌리지 않는다면 밑바닥에서 헌터를 하려는 사람이 없을 테니까.

"밸런스가 맞지 않아."

안젤라가 급히 덧붙였다.

"너에게는 마석을 뽑아내는 능력이 있어. 그것으로 네 주변 헌터들만 강화한다면…."

"그 능력은 더 이상 쓸 생각이 없습니다."

안젤라의 말을 끊어냈다.

"굳이 그럴 필요가 없으니까요. 67번 던전에 간 선발대의 말로는 그리 큰 어려움이 없다더군요. 더 이상 공격대원들에게 마석을 제공할 필요는 없을 것 같습니다."

"…그것을 내가 어떻게 믿지?"

"신뢰해 달라… 이렇게밖에 말은 못하겠군요. 각서라도 씁니까?"

우현이 웃으며 물었다. 안젤라는 작게 혀를 찼다. 허점투성이, 확실한 것 하나 없이 감정뿐인 호소. 그런 것을 믿을 만큼 안젤라는 호구가 아니었다.

하지만 믿지 않는다면? 우현의 말을 거절한다면. 세르게이의 신변을 두고 협박할까? 아니면 네 정체에 대해 폭로하겠다고 협박할까.

'내가 얻을 것은?'

아무 것도 없다. 우현에게서 세르게이를 빼앗을 수는 있어도, 안젤라가 취할 수 있는 것은 아무 것도 없다. 지속적인 마석의 공급 역시 끊길 것이고, 제네시스 연합과 우호적인 관계를 유지할 수도 없겠지.

단순한 일개 헌터라면 무시했을 것이다. 하지만 일개 헌터가 아니야. 몇 십, 몇 백 명의 헌터의 무덤이었던 최상위 던전들을 잇달아 공략한 헌터다. 협회장이라고 해서 무시할 수 있는 위치가 아니다. 오히려 대외적인 인지도로는 우현이 안젤라보다 압도적으로 우위에 있을 것이다.

"…좋아."

일단은 한 발 물러설까. 정면에서 맞서봤자 내가 얻을 것은 아무 것도 없어. 다섯 개의 마석, 우현이 했던 말처럼 큰 이득인 것은 변하지 않는다.

'그래봤자 시세는 언제든지 뒤집힐 수 있겠지만.'

안젤라가 까득 이를 갈았다. 우현이 마석을 대대적으로 풀어낸다면 마석의 시세는 뒤집힌다. 결국 안젤라로서는 우현에게 검자루를 건넨 것과 다름없다. 안젤라는 낭패한 기분을 삼키며 입을 열었다.

"세르게이를 그렇게까지 해서 데리고 있으려는 이유가 뭐지?"

"실력이 좋으니까."

우현은 생각할 것도 없다는 듯이 말했다. 마냥 그것이 전부는 아니었다. 나름대로 기회를 주고 싶은 마음도 있다.

'하지만 죄는 죄야.'

그에 대한 생각은 확고하다. 세르게이는 많은 사람을 죽였다. 그것은 용서받을 수 없다. 사형이 아닌 영원감금이라면, 차라리 최전선에서 보스 몬스터나 네임드 몬스터를 쓰러트리도록 쓰는 편도 괜찮으리라 생각했을 뿐이다.

우현의 대답에 안젤라는 살짝 머리를 끄덕거렸다. 통제만 확실히 한다면 문제될 것은 없다. 어차피 세르게이와 그의 여동생은 언제나 감시당하는 입장이고, 둘의 위치가 불확실하다면 오히려 그것으로 우현을 옭아 쥘 수 있다.

"하나 묻고 싶은 것이 있어."

우현의 얼굴을 보던 안젤라가 문득 입을 열었다. 그녀는 커피를 한 모금 마셨다. 머금은 커피는 여전히 썼다. 설탕을 몇 스틱이나 넣었는데도.

"김상규에게 마석을 보낸 것. 너지?"

"예."

우현은 망설임 없이 대답했고, 그 대답에 안젤라의 얼

굴이 조금 멍해졌다. 그럴 것이라고는 생각했다. 30개나 되는 마석을 한 번에 유통할 수 있는 것. 그것을 돈 한 푼 받지 않고 무상으로 기부할 수 있는 것은 우현 뿐이었으니까.

"…왜?"

하지만 이유가 납득이 되지 않는다. 왜 그런 일을 했지? 일이 그렇게 되기는 했지만, 김상규가 속했던 럭키 카운터 연합과 우현의 제네시스 연합은 라이벌 관계였다. 왜 굳이 나서서 라이벌을 돕는 일을 하는가? 안젤라의 의문에 우현이 피식 웃었다. 그는 자신의 앞에 놓인 커피를 한모금 마셨다. 커피가 달았다.

"뭐, 특별한 이유는 아닙니다."

굳이 안젤라에게 설명할 필요는 없겠지. 김상규에게 마석을 주고, 그것을 대대적으로 알리고. 그것으로 막시언을 부추겨서 어부지리를 취하려 한 것. 실제로 취한 것. 기왕이면 김상규도 죽었으면 했지만.

"사적인 일이었습니다."

사소한 복수. 우현은 몸을 일으켰다. 그는 아직 입안에 남은 커피의 단 맛에 입맛을 다셨다.

"커피가 달군요. 다음에 온다면, 설탕은 조금 적게 넣어주시죠."

그 말을 남기고 우현은 몸을 돌렸다. 그는 개운한 기

분으로 안젤라의 방을 나왔다. 이것으로 당장의 모든 문제는 해결했다. 세르게이와 발레리아의 문제. 선하의 문제. 그리고 나의 문제.

마석은 더 이상 만들어내지 않는다. 스스로 인정했고 뱉은 그 말은 거짓 섞이지 않은 사실이었다. 지금의 헌터는 충분히 강하다. 마석을 먹어가며 몬스터와 싸울 필요는 없다.

'다른 헌터들에게도 기회는 줘야지.'

개인의 이익은 충분히 챙겼다. 다른 헌터들에게 이익을 직접 챙겨주지는 않아도, 기회 정도는 주고 싶었다. 애초에 사라졌어야 할 판데모니엄을 존속해달라 청한 것이 헌터를 위해서였으니까.

협회의 건물 밖으로 나왔다. 입구 너머에는 매번 보던 얼굴들이 우현을 기다리고 있었다. 우현은 그들의 시선을 받으며 피식 웃었다.

"가자."

우현은 앞장서서 걸었다.

◉

"제법 컸다?"

강만석이 피식 웃으면서 말했다. 그 맞은편에 앉은 우

현은 강만석의 중얼거림에 풋하고 웃었다. 그는 강만석의 잔에 소주를 부었다.

"제법이 아니라, 많이 컸지요."

"건방진 말인데 맞는 말이라서 뭐라 하지도 못하겠네."

강만석이 투덜거렸다. 그는 맞은편에 앉은 우현을 바라보았다. 놈을 처음 만났던 것이 언제였더라. 일 년 전이군. 딱 그래. 8월이다. 작년 초기 등급 심사에서, 강만석은 우현을 처음 만났다.

"일 년이라."

강만석이 중얼거렸다. 일 년이라는 시간. 누군가에게는 한없이 길 것이고, 누군가에게는 한 없이 짧을 수도 있는 시간이다. 헌터에게는 어떨까. 헌터에게서 일 년이란 얼마큼의 무게를 지니고 있을까.

보통, 일 년 동안 헌터는 네 번의 등급심사를 치른다. 그 등급심사에서 모조리 승급했을 때 네 개의 등급을 올리고, 운이 좋다면 네임드 몬스터를 연속해서 사냥하여 더 등급을 올릴 수도 있겠지.

"가끔, 내가 너에 대해서 생각을 할 때 말이다. 나는 네가 괴물이 아닐까라고 생각하곤 했다."

강만석이 속내를 털어 놓았다. 그 말에 우현은 부정하지 않았다. 일반인, 일반적인 헌터. 그런 이들이 보기에 우현이 일 년 동안 보였던 행보는 믿을 수 없을 정도로 파격적이었으니까.

럭키 카운터의 몰락 이후 우현이 소속한 제네시스는 독보적인 위치에 섰다. 그 이후로 반 년이나 흘렀지만, 제네시스는 여전히 정점이었고 그 위치를 위협할만한 길드는 어디에도 없었다.

그것은 비단 길드뿐만이 아니라, 헌터인 우현 본인도 마찬가지였다. 최상위 던전의 네임드 몬스터를 혼자 사냥할 지도 모른다는 말이 흐르곤 했는데, 과연 그것이 사실일까. 강만석은 자신의 앞에 앉은 우현을 빤히 보았다.

솔직히 말해서, 처음 보았을 때와 그다지 변한 것은 없다. 조금 유약해 보이는 얼굴. 특별히 잘생긴 것도, 그렇다고 해서 못생긴 얼굴도 아니다. 굳이 말하자면 평범하다. 몸은 단단해 보이지만 덩치가 엄청나게 큰 것도 아니다.

"갑자기 만나자고 한 이유가 뭐야?"

우현이 부어준 소주를 한 입에 털어 넣으면서 강만석이 물었다. 그 물음에 우현은 어깨를 으쓱거렸다.

"슬슬 협회와의 계약도 끝나가지 않습니까?"

우현이 불쑥 물었다. 그 질문에 강만석이 머리를 끄덕거렸다. 협회 소속 헌터는 보통, 자신이 해결할 수 없을 정도의 큰 빚을 진 헌터들이다. 강만석의 경우에는 김상규가 길드 마스터로 있던 화랑에서 한참을 착취당했고, 그 후에 화랑에서 나오면서 거액의 빚을 지게 되었다.

그것이 대충 이년 전인가. 그 후로 협회 소속 헌터가되어 악에 받쳐 살았다. 할 수 있는 일은 다했고, 자는 시간을 쪼개가며 던전을 떠돌았다. 협회 측에 상납하는 할당량 외에도 추가 잔업을 받아 돈을 모았다.

"그래. 계약 다 끝났지. 개좆같았어."

강만석이 자신의 잔에 소주를 부었다. 우현은 강만석에게 소주를 받았고, 서로의 잔이 부딪혔다.

"그 이후로는?"

"뻔하지 뭐."

강만석이 피식 웃었다. 그는 자연스럽게 담뱃갑에 손을 올렸고, 주변의 눈치를 슬쩍 보았다.

"금연입니다."

그 말에 강만석은 입맛을 다시며 담뱃갑에 올린 손을 내려놓았다.

"내가 뭔 일을 하겠냐? 끽해야 막노동일 텐데, 다행히 그 짓거리는 안 해도 돼. 헌터니까. 내가 씨발 배운 것이 없어서 그 짓말고 할 것도 없어. 등급 동결되기는 했어도 B급이면 어디서 배는 안 곯는다."

"길드는?"

"어디서 필요한 곳 있으면 데려가겠지."

강만석이 대수롭지 않다는 얼굴로 대답했다. 그렇게 말하던 강만석은 멈칫하여 우현을 힐끗 보았다.

"왜, 네가 나 데려갈 테냐?"

강만석이 능글맞은 얼굴로 물었다. 농담삼아 한 말이었는데 우현이 활짝 웃으며 머리를 끄덕거렸다.

"예."

그 대답에 강만석의 입술이 벌어졌다.

"뭐?"

되묻는 말에 우현은 피식 웃으면서 말을 이었다.

"만나자고 말씀드린 이유가 그겁니다. 길드 스카웃. 이번에 길드원들을 새로 받기로 했는데, 주변에 아는 사람… 아는 헌터가 별로 없어서. 일단 연락 닿는 쪽으로 돌리고 있습니다만."

"…야, 잠깐, 잠깐만. 나를 데려가겠다고? 제네시스에?"

강만석이 얼떨떨한 얼굴로 물었다. 제네시스는 S급 길드다. 말이 S급이지, 다른 S급 길드와는 비교가 안 되는 독보적인 역량과 규모를 가진 길드. 여태까지 세운 실적만 해도 수를 셀 수 없이 많다. 66번 던전인 라그나 뢰크 이후로 반 년, 제네시스가 공략한 길드만 20개가 넘는다.

"나 쓸데가 어디 있다고?"

강만석이 물었다. 66번 던전, 아니, 62번의 유빈투스의 성. 거기서부터 87번 던전인 볼디악의 구멍까지. 제네시스 연합은 단 한 번도 다른 길드에게 던전 공략을 양보하지 않았다. 제네시스 연합은 현존하는 최강의 길드 연합이었고, 그 안에 속한 헌터들 중에서 강만석보다 못한 헌터는 한 명도 없을 것이다.

"등급이 동결되었다 뿐이지, 강만석씨의 실력이 크게 부족하다고는 생각하지 않습니다."

우현이 차분한 목소리로 말했다.

"협회는 소속 헌터들에게 많은 노동을 강요하니까요. 그것을 따르기 위해 던전에서 살다시피 하고, 그렇게 몬스터와 싸우고. 등급이 동결되었다 뿐이지 실제 강만석씨의 등급은 A급, 아니 S급까지도 가능하지 않을까 싶습니다만."

"…야, 야. 나 너무 크게 보는 것 아니냐? 내가 그 정도는 안 돼."

강만석이 혀를 차면서 대답했다. 우현은 머리를 흔들었다.

"굳이 말하자면 2군 형식으로. 조금 하위 던전에서 네임드 몬스터를 전문적으로 사냥하는 길드를 만들까 합니다만."

"1군 갈 실력은 안 되니 2군으로 와 달라?"

강만석이 피식 웃으면서 말했다. 그 말에 우현은 난처한 얼굴로 뺨을 긁적거렸다.

"…불쾌하셨다면…."

"아니, 야. 불쾌할 것이 뭐 있냐? 나 필요하다고 불러 주는데."

강만석이 피식 웃었다.

"정민석씨도 가입하기로 했습니다."

우현의 말에 강만석이 조금 놀란 표정을 지었다. 정민석이라면 원래 협회 내에서 강만석의 상관이었다. 그 역시 화랑 소속이었고, 화랑에서 빚을 진 뒤에 협회 소속의 헌터가 되었다. 강만석보다 조금 먼저 협회에서 벗어난 그가 제네시스 2기에 들어오기로 했다니.

"…내가 또 아래냐?"

"…일단 길드 마스터와 부길드장을 누구로 할지는 정하지 않았는데… 일단 멤버가 확정되고 나서…."

우현의 말에 강만석이 안도의 한숨을 내쉬었다.

"내가 먹은 떡국이 몇 그릇인데. 이번에도 아래면 안 되지."

그의 투덜거림에 우현은 피식 웃었다.

"그러면, 가입하시는 겁니까?"

"어. …내가 너보고 길드 마스터님, 이렇게 불러야

하나?"

"뭐 그럴 필요까지는 없…."

말을 하던 중에 핸드폰이 울렸다. 우현은 핸드폰을 열어 도착한 메시지를 확인했다. 선하에게 온 메시지였다. 이번에 슬레이어즈에 올린 2기 길드원 모집의 지원자 명단이었는데, 그 중에 익숙한 얼굴이 보였다.

A급 헌터 정연철.

B급 헌터 황주원.

그 목록을 보고 우현은 피식 웃었다. 정연철과 황주원이라면 예전에, 바바론가를 레이드하기로 했을 때에 함께 손을 맞췄던 헌터들이다. 그 중 황주원은 우현과 트러블이 생겨 초기에 파티를 나가버렸고, 정연철은 묵묵히 딜러의 역할을 수행했었다.

'그때는 황주원의 등급이 더 높았었는데.'

어느새 김연철이 역전했군. 김연철이라면 믿을만한 헌터기는 하다. 황주원은… 우현은 피식 웃었다. 일단 면접이라도 볼까.

"왜 혼자 쪼개냐?"

맞은편에 앉은 강만석이 머리를 갸웃거리며 물었다. 그 물음에 우현은 천천히 머리를 흔들었다.

"아니, 그냥. 인연이라는 것이 묘해서요."

우현은 그렇게 말하며 소주잔을 들었다.

"오늘 볼디악 잡는다."

우현은 뒤를 돌아보며 말했다. 공격대 인원은 50명으로 고정했다. 우현을 중심으로 해서 시헌과 선하. 카멜롯의 길드 마스터인 안토니와, 세르게이와 발레리아. 거기에 제네시스와 카멜롯 소속의 상위 헌터들.

"패턴 파악은 즉석에서 해. 어차피 좆밥이니까."

우현은 구멍 아래에서 꿈틀거리는 거대한 괴물을 바라보면서 말했다. 그 말에 다들 피식거리는 웃음을 흘렸다. 다른 헌터 길드라면 기겁할 말이었지만 제네시스에게는 특별할 것도 아니다.

이들은 수라장을 헤쳐왔다. 수많은 시체를 넘어서 이곳에 도달했다. 67번 던전 이후의 네임드, 보스 몬스터라고 해 봐야 발할라의 흑기사나 라그나뢰크에서 쏟아지던 네임드 몬스터들보다 못했다.

"포지션은 그대로 가. 탱커는 셋, 센터는 내가 선다."

탱커 인원은 고정이다. 우현과 세르게이, 안토니. 우현의 말에 세르게이가 심드렁한 얼굴로 머리를 끄덕거렸다. 그는 최근의 생활에 어느 정도 만족하고 있었다. 판데모니엄 밖으로 나갈 수 없다는 것은 똑같지만, 적어도 죽는 것보다는 낫다. 아직은 그렇게 생각했다.

"딜러 라인은 선하랑 시헌, 발레리아. 셋이서 상황 따라 오더 내려. 에버스 타임이 몇이었지?"

"26분 47초."

발레리아가 대답했다. 애버스는 이전 던전의 보스 몬스터였다. 초행에 놈을 잡는 것에 걸린 시간은 26분 47초. 발레리아의 대답에 우현은 머리를 끄덕거렸다.

·"기록 갈자."

"그러면 내가 딜로 빠지는 편이 나을 것 같은데."

세르게이가 대답했다. 그 말에 우현은 머리를 흔들었다.

"탱커하면서 딜 못 넣냐?"

이죽거리는 말에 세르게이가 미간을 찡그렸다.

"새끼가, 도발은."

그는 그렇게 투덜거리면서도 더 이상 다른 말을 하지는 않았다. 선하를 중심으로 해서 딜러들이 모였다. 우현은 각 딜러에게 주의사항을 전달하는 선하를 멀리서 바라보았다. 슬쩍 다가온 안토니가 입을 열었다.

"그래서, 결혼은 언제 할 생각인가?"

대뜸 묻는 말이 돌직구였다. 안쪽으로 묵직하게 날아온 직구가 우현의 정신을 갈겼다.

"예, 예?"

놀라 돌아보는 말에 안토니가 피식 웃었다.

"이번 던전 끝나고 조금 쉬지. 다른 길드에게도 기회를 줄 겸. 여태까지 쉬지 않고 왔으니까."

"…상관은 없는데…."

"휴가를 갖는다고 생각하고. 한 한 달 잡고 말이야. 그 이후로는 또 바빠질 텐데… 식이라도 올리는 편이 낫지 않나?"

그 물음에 우현은 입술을 뻐끔거렸다. 안토니는 대답하지 못하는 우현의 어깨를 툭툭 두드렸다.

"판데모니엄 안에서 식을 치루는 것도 꽤 로맨틱할 듯한데. 아, 그렇게 되면 자네 가족들이 들어오지 못하겠군."

"…일단… 생각해 보겠습니다."

우현은 더듬거리며 대답했다. 그 대답에 안토니는 피식 웃으며 몸을 돌렸다. 우현은 등을 돌리는 안토니를 보면서 내심 꿀꺽 침을 삼켰다.

'어떻게 알았지?'

그는 아공간에 넣어 둔 반지를 생각하면서 부르르 몸을 떨었다. 내가 너무 티를 냈나? 그런 생각을 하다가, 우현은 피식 웃었다. 보스 몬스터를 앞에 두고 이런 생각을 하다니. 우현은 구멍 아래에 웅크린 볼디악을 내려 보았다.

"…뭐, 괜찮겠지."

조금 쉬는 것도. 이렇게 여유를 부리는 것도. 우현은 마음을 편히 가졌다. 안토니의 말대로다. 이번에 볼디악을 잡고서는 한 달 정도 쉬자. 쉬지 않고 달려 온 공격대 헌터들에게, 그리고 나 자신에게. 한 달 정도 휴가를 갖자. 만약 가능하다면 선하에게 반지를 주고, 그리고….

  '…결혼이라.'

  한 달 안에 식장을 잡을 수 있을까.

  즐거운 고민이었다.

REVENGE

Epilogue

HUNTING

NEO MODERN FANTASY STORY & ADVANTURE

REVENGE
HUNTING

Epilogue

최근 들어서 입맛이 없었다.

세르게이는 숟가락을 내려놓는 발레리아를 보면서 미간을 찡그렸다. 식탁에 올라가 있는 것은 고기를 넣은 블린느와 뺄메니, 보르쉬. 러시아 식탁에서 흔한게 볼 수 있는 가정식이다. 세르게이는 입가에 묻은 양념을 냅킨으로 닦으면서 의자를 기울였다.

"생리하냐?"

불쑥 물은 질문에 발레리아의 얼굴이 썩었다. 그녀는 눈썹을 찡그리고서 세르게이를 노려보았다. 삐걱거리는 의자가 조금 더 뒤로 기울어졌다.

"요즘 들어서 통 음식을 안 먹던데. 도대체 뭐야?"

"…신경 쓰지 마."

"신경 쓰지 말기는. 그래도 하나 뿐인 동생인데. 왜, 도대체 뭐야? 밖에 나가고 싶어서 그래?"

판데모니엄 안에 있는 길드 하우스. 범죄 길드였던 서커스의 길드 마스터이자, 서커스의 간부이자 세르게이의 여동생인 발레리아는 판데모니엄 밖을 나갈 수 없는 몸이 되었다. 만약 판데모니엄 밖으로 멋대로 나가게 된다면, 세르게이와 발레리아의 체내에 있는 발신기가 반응하여 즉각적으로 위치를 전송하게 된다.

수많은 사람을 죽이는 등의 범죄를 저지른 헌터에게 내린 벌이라기에는 너무 얕다.

사실, 이것은 어디까지나 임시적인 조치였다. 무기징역이라고 하기에는 판데모니엄에서 발레리아와 세르게이의 생활은 자유로운 편이었고, 그들이 저지른 죄를 생각한다면 사형을 처해도 부족함이 없다. 특히나 세르게이는 말할 것도 없는 악인이다.

그럼에도 둘이 목숨을 부지하고 있는 것은, 어디까지나 도구로서 사용 가치가 남아있기 때문이었다. 세르게이는 정우현을 제외한다면 상대할 자가 없다 할 정도로 실력 좋은 헌터였고, 발레리아 역시 열 손 가락 안에는 꼽힐 실력자다.

"향수병에라도 걸렸어? 그런 것이라면 그냥 밥 먹고 잠이나 자. 고향 생각해 봤자 돌아갈 수 없다는 것 알잖아."

"…그런 것 아니야."

발레리아는 세르게이의 시선을 피하면서 중얼거렸다. 향수병은 아니다. 판데모니엄 안에서의 생활은 나름대로 만족하고 있다. 그도 그럴 것이, 보라. 식탁 위에는 러시아에서 즐겨 먹던 음식들이 올라가 있잖은가. 외부와는 거의 연락이 안 되고, 인터넷도 사용할 수 없지만. 그 대신에 거의 모든 편의가 제공되고 있다. 범죄자에 대한 대우라기에는 너무 형편이 좋다.

"…빌어먹을. 알겠군."

세르게이는 말끝을 흐리는 발레리아를 노려보면서 내뱉었다. 발레리아에 대해서는 거의 모든 것을 알고 있다. 어린 시절부터 서로 의지해 온 남매니까 당연한 일이다.

"정우현. 그 새끼냐?"

세르게이의 얼굴이 일그러졌다. 시크릿 던전, 라플라시아의 밀림. 우현과 발레리아은 그곳에서 조난당했었다. 던전을 빠져나가는 입구를 찾지 못한 덕에, 그 넓은 밀림에서 한 쌍의 남녀가 한 달 동안 고립되어 있었다.

"야, 너 까놓고 말해. 너 그 숲에서 도대체 뭔 일이 있었던 거야?"

"…적어도 네가 생각하는 그런 일은 일어나지 않았어.

그리고, 여기서 왜 정우현의 이름이 나오는 거야?"

"왜기는. 내가 등신으로 보이냐? 네가 그 새끼한테 무슨 감정 품고 있는지도 모를 것처럼 보여?"

세르게이는 그렇게 내뱉고서 벌떡 몸을 일으켰다. 그는 성큼거리는 걸음으로 식탁을 떠나 벽에 걸린 달력을 노려보았다. 달력에는 제네시스 길드의 던전 공략 일정이 적혀 있었다.

"이틀 뒤에 93번 던전 공략 일정 있네. 내가 그 새끼 만나서 담판 지을 테니까, 너는 그냥 닥치고 있어."

"도대체 무슨 담판을 짓겠다는 거야?"

"내가 말이야, 어? 정우현 그 새끼는 안 좋아하는데⋯ 그래도 하나 있는 여동생이 혼자 궁상떠는 것은 못 보겠다. 그 새끼랑 단 둘이 붙던가 해서 뭐라도 할 테니까⋯."

"세르게이!"

발레리아가 고함을 질렀다.

타앙!

손으로 내리 친 테이블이 크게 흔들렸다. 괜히 혼자 열 받아서 씨근거리던 세르게이의 입이 꾹 다물어졌다.

"왜 멋대로 판단하고 행동하는 거야? 그런 것 아니라고 했잖아."

"아니기는! 그래, 생각해 보니까 잘 알겠어. 네가 최근 들어서 밥도 잘 안 먹고, 잠도 잘 못자서 서성거리고. 그

게 한 나흘 전쯤이었지? 나흘 전에 뭔 일 있었는지 너도
잘 알잖아."

알다마다. 우현이 선하에게 프로포즈를 했었다. 모두
가 보는 앞에서 무릎을 꿇고, 반지를 전해 주었다.

"…그건 차였잖아."

발레리아가 시선을 피하면서 중얼거렸다.

멋들어지게, 모두가 보는 앞에서 프로포즈를 하고. 우
현은 차였다. 선하는 반지를 받지 않았다. 보는 이들이
다 가슴이 아프고 민망할 정도로 삭막한 거절이었다.

아직은 안 된다.

선하가 뱉은 대답은 그것이었고, 모두가 이를 비웃어
야 할지 아니면 위로해 주어야 할지 모르는 상황에서 우
현 혼자 좌절하여 머리를 떨어트렸다.

"…거절이고 자시고. 반지 전했다는 것만으로도 그 새
끼 감정이 어떤 것인지는 확실한 거잖아. 그리고 너는
그것에 괜히 속앓이 하는 것이고."

"내가 애로 보여?"

"나한테 있어서 너는 언제나 애야. 부모님 뒈지고, 내
가 너 업어다 키웠어."

"업어 키우면서 사람 죽이고 다녔지."

"그렇게 번 돈으로 너 밥 먹였다."

"네 밥도 먹었고."

발레리아와 세르게이의 시선이 테이블 위에서 부딪혔다. 세르게이는 입술을 잘근 씹는 발레리아를 보면서 길게 한숨을 내쉬었다.

"…빌어먹을. 다른 것도 아니고, 연애 문제로 이 지랄이라니…."

"지랄하고 있는 것은 너 뿐이야. 나는 아무렇지도 않아. 그냥, 최근에는 입맛이 조금 없었을 뿐이야."

발레리아는 조금도 물러서지 않고 그렇게 쏘아붙였다. 그 말에 세르게이는 끙하고 신음을 흘리면서 달력을 짚고 있던 손을 아래로 내렸다.

"…마음대로 해라."

머리를 벅벅 긁던 세르게이는 결국 몸을 돌리고 말았다. 신경이 안 쓰이는 것은 아니었지만, 저렇게 철벽을 치는 발레리아를 향해 세르게이가 할 수 있는 일은 많지 않았다.

"먼저 들어갈게."

"오늘 설거지는 너잖아."

"…몸이 안 좋아서 그래."

발레리아는 그렇게 중얼거리면서 의자를 뒤로 빼고 일어섰다. 그리고는 지끈거리는 머리를 붙잡으며 계단을 올라, 2층에 있는 자신의 방으로 들어갔다.

삭막한 방이다. 침대와 옷장, 책장 하나. 벽에는 발레리아가 사용하는 무기와 갑옷이 걸려 있었다. 발레리아는 그것을 멍하니 보다가, 벽에 걸린 검을 뽑아 들었다. 바로 어제 손질한 덕에 날은 예리하게 서있었다.

뭐라도 해야 할 일이 필요했다. 이 편하면서도 지루한 유배에 있어서, 몰두할 수 있는 일은 반드시 필요했다. 차라리 독서를 할까. 발레리아는 책장을 힐끗 보았다. 바깥에서 주기적으로 들여 온 책 중에는 아직 읽지 않은 것이 많았지만,

책을 읽고 싶지는 않았다. 머릿속이 너무 복잡해서, 도저히 활자가 들어올 것 같지 않았다. 결국 발레리아는 그 자리에 주저앉아 칼을 손질하기 시작했다.

손질이라고 해 봐야 매끈한 검면을 기름 먹인 헝겊으로 닦는 정도다. 이미 날은 세웠고, 여기서 더 세워봤자 의미가 없다. 발레리아는 허벅지 위에 올린 검을 헝겊으로 문질러 닦았다.

세르게이의 말은 정곡이었다.

최근 들어서 기운이 없고, 입맛도 없다. 먹어도 먹는 것 같지가 않다. 아무리 좋아하는 요리를 먹어도 모래를 씹는 것처럼 입 안이 푸석거린다. 잠도 잘 오지 않는다. 뭔가 특별한 생각을 하는 것은 아니고, 그냥… 반지를 건네는 우현의 모습이 아른거릴 뿐이다.

"비참해."

발레리아는 작은 목소리로 그렇게 중얼거렸다. 매끈하게 닦인 검의 표면에 발레리아의 얼굴이 비춰졌다. 발레리아는 자신의 얼굴을 뜯어보았다.

어깨 근처에서 자른 단발. 타고난 백금발은 창백하면서도 아름답다. 색이 진한 푸른 눈동자도 그렇다. 눈매가 조금 매서운 것은 인정하지만, 그것을 단점으로 두어도 발레리아는 미인이었다. 그것은 발레리아 스스로 생각하기에도 그랬다.

적어도 내가 그 동양 여자보다는 아름다워. 발레리아는 그렇게 생각할 수밖에 없었다. 머릿결도, 머리의 색도, 잡티 하나 없는 피부도, 푸른 눈동자도, 속눈썹도, 입술도, 가슴도, 허리도, 허벅지도, 종아리도.

도대체 뭐가 부족한 걸까. 함께 한 시간? 아니면 범죄자라는 낙인? 장점을 떠나서 단점을 본다. 나에게 없는 것, 그 여자가 가지고 있는 것. 장점을 밑도 끝도 없이 떠올릴 수 있었던 것처럼, 단점도 떠올리기 시작하니 끝이 없었다. 결국 발레리아는 웃음을 뱉을 수밖에 없었다.

"이러니까 안 되는 거야."

발레리아는 그렇게 중얼거리면서 머리를 푹 떨어트렸다.

어느 틈에 베인 것일까. 칼날에 베인 손가락이 욱신거렸다.

"…기운 내라."

꼴꼴꼴. 빈 소주잔에 소주가 부어졌다. 강만석은 안타깝다는 얼굴을 하고서 맞은편에 앉은 우현을 보았다. 고작해야 나흘이 지났을 뿐인데, 우현은 눈에 띄게 수척해져 있었다. 제대로 씻지도 않고 다니는 것인지 체취가 진하게 풍겼고, 멍하니 벌린 입술은 바싹 말라 있었다.

"너 대체 어디서 지내는 거냐?"

강만석은 자신의 소주잔에 소주를 부으면서 물었다. 우현이 강만석에게 제네시스 길드에 들어오라고 제의했던 곳이다. 강만석은 그때를 떠올리면서 쩝하고 입맛을 다셨다. 자신감 넘치던 그때의 우현과 지금의 우현은 달라도 너무 달랐다.

"…그게… 그러니까… 큼! 나도 결혼은 안 해봤거든. 그래도 임마, 어? 먹은 나이가 있고 너보다 쌀밥은 몇 백 그릇은 더 먹었어요. 조언 정도는 해 줄 수 있다는 말이야."

"…괜찮습니다."

우현이 간신히 대답했다. 그는 손을 뻗어 강만석이 따라 준 소주잔을 들어 올렸다. 강만석은 킁하고 코를 마시며 우현과 잔을 부딪혔다.

"…그냥, 찜질방에서 지내고 있습니다."

"이 미친놈아. 네 나이가 몇인데 가출을 해?"

"…집에는 선하가 있어서…."

"그리고 찜질방에서 지낸다는 놈이 꼴이 왜 그래? 제대로 씻지도 않은 몰골이구만."

"…그냥… 뭐, 잠자고 틀어박힐 곳이 필요해서…."

"돈도 많은 새끼가!"

강만석이 어이가 없다는 얼굴로 투덜거렸다.

"까놓고 말해서, 지금 세계에서 너보다 돈 많은 놈이 얼마나 될 것 같냐?"

잘 나가는 헌터가 벌어들이는 수익은 중소기업에 맞먹는다. 그리고 우현은 그런 헌터들의 정점이다. 당장 우현이 던전 하나 공략하면서 벌어들이는 총 수익은 거대 기업에 필적할 것이다. 협회에서 얻는 성과금과 토벌한 몬스터들의 몸값 등등.

"그렇게 돈도 많은 놈이 찜질방에서 숙식하고. 꼴 보니까 밥도 제대로 안 먹고 다니는구만! 씻지도 않고 말이야. 아니 시발, 사람이 살면서 까일 수도 있는거지. 그거로 왜 궁상을 떨어? 돈 많으면 돈지랄을 하란 말이야. 최고급 호텔 스위트 룸 빌리고, 비싼 양주나 와인으로 파티도 하고! 여자 없어서 골골대면 여자도 부르고… 기분 전환 할 능력 충분히 되는 놈이!"

"그럴 기분 아닙니다. 그리고 싶지도 않고요."

우현은 중얼거리면서 잔을 내밀었다. 강만석은 크게 한숨을 뱉으며 우현의 잔에 소주를 부었다.

"…그리고 말이야. 선하, 그 애가 한 말도 아주 싫다는 건 아니었잖아. 당장은 안 된다. 그거였잖아, 이 등신아. 너 싫다는 것도 아니고 당장은 바쁘니까 안 된다는 건데, 왜 네가 궁상을 떨어?"

"대체 왜 안 된다는 걸까요."

"그걸 왜 나한테 물어 봐! 네가 가서 직접 물어야지!"

결국 강만석은 답답해서 가슴을 두드리며 고함을 쳤다. 그 외침에 주변 사람들이 머리를 돌려 둘이 앉은 테이블을 힐끗거렸다. 그 시선에 강만석은 헛기침을 뱉으면서 젓가락을 들었다. 그는 불판에서 자글거리며 구워지는 삼겹살을 몇 점 집어다가 손수 쌈을 싸주었다.

"자, 이거 먹고 기운 차려라."

"…감사합니다."

강만석은 크게 입을 벌리며 받아먹는 우현을 보고서 혀를 끌끌 찼다.

"미친놈…."

몬스터를 어린 애처럼 다루고, 전 세계에서 제일이라고 꼽히는 헌터가 정우현이다. 그가 이끌고 있는 제네시스 길드는 누구나 꼽는 세계 제일의 길드고, 대대적으로 헌터들을 받아들인 덕에 실력 뿐만이 아니라 규모 역시 세계 제일로 거듭났다.

그런 길드를 이끄는 헌터가 저런 몰골이라니!

강만석은 눈을 잔뜩 찡그리고서 우현을 쏘아보았다. 남의 연애사에 이래라 저래라 하고 싶지는 않았지만, 그 모든 것을 떠나서 강만석은 저런 우현의 꼴이 마음에 들지 않았다.

"세상의 반은 여자다."

강만석은 소주를 새로 주문하면서 입을 열었다.

"선하가 예쁘기는 하지만, 그래도 이 넓은 세상에 어디 선하만큼 예쁜 여자가 없겠냐."

"외모의 문제가 아닙니다."

"그러면 뭔데? 마음? 야, 그것도 찾아 보면 마음 맞는 여자 또 만나고 그럴 수 있는 거야. 한 번 까였다고 궁상 떨 이유가 없다고."

"거절한 이유를 모르겠습니다."

"그건 가서 직접 물어보라고! 나 붙잡고 물어보지 말고!"

인생의 선배로서 조언해 주고 싶었지만, 결국 강만석은 다시 고함을 지를 수밖에 없었다.

"이 답답한 놈. 뭐 이리 꽉 막혔어?"

"…당연히 받아 줄 것이라고 생각했는데…."

"그런 생각이 문제인 거야. 열 길 물 속 알아도 사람

마음은 모른다고 하는데, 네가 뭔데 선하가 프로포즈 덥석 받아줄 것이라고 생각한 거야?"

"그야… 그야…."

우현은 말을 되풀이하면서 시선을 피했다. 우현 스스로도 자신이 추하다고 생각했다. 괜히 상관없는 강만석한테 연락해서 푸념이나 하고 있다니.

"…죄송합니다."

"죄송하긴 뭐가 또."

"그냥, 밥 한 끼 얻어먹고 싶었을 뿐입니다. 걱정해주지 않으셔도 됩니다."

"얻어먹어? 에라이 쌍놈아. 내가 여태까지 벌었던 돈보다 훨씬 많은 돈을 달마다 버는 놈이, 뭐? 얻어먹어? 자기가 사줄 생각은 하지 않고!"

"계산은 제가 하겠습니다."

그 말에 강만석은 쩝 입맛을 다셨다. 그는 집게로 고기를 뒤집으면서 머리를 가로 저었다.

"됐다, 됐어. 이거 얼마나 한다고… 그냥 내가 계산할게. 그냥 술이나 퍼 먹어라. 실연에는 술이 답이여."

"…실연… 당한 것은 아닙니다. 거절을 들은 것뿐이지."

"어이구, 그러세요."

강만석은 투덜거리면서 잔을 비웠다. 그러다가 문득, 그는 눈을 들어 우현을 바라보았다.

"선하 쪽에서는 연락 안 왔냐?"

"전화가 몇 번 오기는 했습니다만… 받지 않았습니다."

"그냥 집으로 돌아가, 임마. 지금 얌전히 끝날 수 있는 일을 네가 이 지랄 하면서 키우고 있는 거야."

"…어떤 얼굴로 선하를 봐야 할지 몰라서…"

"일단 세수부터 하고, 면도도 하고. 그냥 말끔한 모습으로 돌아가서, 생각 좀 정리하고 왔다고 해. 그리고 시헌이는? 그 새끼는 너한테 뭐라고 안 하디?"

"시헌이도 몇 번 전화했었는데, 그것도 안 받았습니다."

"봐, 네가 일 키우는 거라니까? 선하나 시헌이 쪽에선 뭐라고 생각하겠어? 네가 자살한 것 아닐까, 그렇게 생각할 것 아냐."

"…설마 그렇게 생각하려고요."

"그래서."

강만석의 입 꼬리가 쭉 올라갔다. 그는 심술궂은 미소를 지으면서 우현을 바라보았다.

"시헌이 불렀다."

"…예?"

우현의 입술이 헤하고 벌어졌다.

콰당!

고깃집의 문이 거칠게 열렸다. 그 소리에 놀란 사람들이 문 쪽을 돌아보았다. 그들은 한쪽 소매가 펄럭거리는 외팔이를 보고서 눈을 끔벅거렸다.

"형!"

우현을 발견한 시헌이 크게 소리를 질렀다. 그 말에 우현은 푹 숙인 이마를 손으로 받치면서 혀를 찼다.

"…괜한 짓을 하셨군요."

"괜한 짓은 무슨. 너도 돌아가는 상황은 좀 알아야 할 것 아냐? 그래서 부른 거야, 임마."

강만석은 낄낄 웃으면서 말했다. 성큼거리며 다가 온 시헌은 우현의 옆 자리에 털썩 앉고서 우현의 얼굴을 노려보았다. 시헌은 까칠하게 수염이 자라고 뺨이 푹 파인 우현의 얼굴을 보고서 푹 한숨을 내쉬었다.

"…이게 뭔… 돈도 많으면서 몰골이 왜 그래요?"

"돈이랑 뭔 상관이야?"

우현은 투덜거리면서 시헌 쪽에게 남는 잔을 밀어 주었다. 이렇게 될 것이라고는 생각하지 못했지만, 기왕 시헌이 오게 되었으니 어쩔 수 없었다.

"선하 누나가 형 걱정 엄청하는 것 알아요?"

시헌은 양 손으로 우현이 붓는 소주를 받으면서 투덜거렸다.

"선하 누나 뿐만이 아니라, 현주도 형 걱정 엄청 하고 있어요. 현주 얘기 들어보니까 어머니도 걱정하고 계시던데…"

"…큼."

그쯤 되니 우현은 태연히 앉아 있을 수가 없었다. 충동적으로 집을 나왔고, 들어오는 연락은 모조리 무시했다. 현주의 전화, 어머니의 전화. 생각이 복잡한 탓도 있었지만,

결정적인 요인은 부끄러움 때문이었다.

"…바로 들어 갈 생각이니까, 더 걱정 안 해도 돼."

"…어휴. 그래도 자살 안 해서 다행이네요."

"내가 자살을 왜 해?"

"선하 누나가 거절했을 때, 형 표정 어땠는지 형은 모르죠? 진짜 당장 한강으로 뛰어들 것 같은 표정이었다니까요."

"그야 그건… 거절할 것이라고는 생각하지 못했으니까."

"그건 그런데…."

시헌은 입맛을 쩝 다시며 소주잔을 입술로 가져갔다.

"…선하한테 뭐 들은 것 없어?"

"네? 저는 뭐… 별 얘기 못 들었는데요. 그리고 그건 형이 직접 물어 봐야죠. 왜 거절했는지."

"…만약, 진짜 싫어서 거절한 것이면 어떡하지?"

"…어… 음… 그렇게 되면… 어어… 아, 제가 요즘 현주 소개로 현주 친구들 만났었는데. 어때요? 현주 친구들도 꽤 예쁘던데…."

"미친놈."

곁에서 듣고 있던 강만석이 끌끌 혀를 찼다. 그 말에
시헌은 머쓱하다는 듯 뒤통수를 벅벅 긁었다. 지난 번에
우현의 소개로 현주를 만나게 된 시헌은, 그 이후로 쭉
연락을 해 오면서 현주와 사귀고 있었다.

"근데 선하 누나 성격상 싫어서 거절 한 것은 아닌 것
같은데… 진짜 뭐 이유가 있어서 거절 한 것 아닐까요?"

"야, 그거 우리가 생각해 봐야 의미가 없다니까? 가서
직접 물어보라고, 직접!"

듣다 못한 강만석이 테이블을 투덜거리면서 고함을
질렀다. 빽하고 지른 고함에 우현과 시헌은 얌전히 입을
다물었다.

"고기 탄다."

"…예."

우현은 얌전히 젓가락을 쥐고서 고기를 들었다.

◎

"…뭐 이유가 있어서 거절한 것은 아닌데."

선하는 발가락을 꼼지락거리면서 핸드폰을 귀에 붙였
다. 그 작은 목소리에 전화기 너머로 현주가 헛웃음을
흘렸다.

[그러면 뭔데요?]

"그냥… 좀… 당황스러워서. 미리 말이라도 해 줬으면 좋았을 텐데…."

[…그게 끝이에요?]

현주가 허탈한 기색으로 물었다. 그 질문에 선하는 입술을 삐죽거리며 머리를 끄덕거렸다.

"그게 다야. 그냥, 갑작스러워서 당황했어. 보는 눈도 많았고… 뭐라고 말해야 할지 나도 잘 몰라서, 그냥 일단 거절하고 본 거야."

[…아이고… 이 멍청한 언니야….]

그 말에 선하는 한숨을 푹 내쉬었다. 스스로도 멍청한 짓을 했다는 것은 잘 알고 있었다.

하지만 어쩔 수 없었다. 당시 상황이 도저히 이성적으로 생각할 만한 상황이 아니었으니까. 던전 토벌은 큰 어려움이 없었지만, 다들 수고했다는 말을 나누던 화기애애한 분위기 중에 대뜸 우현이 반지를 꺼낸 것이다.

그리고 그 자리에서 무릎을 꿇고, 선하에게 반지를 건넸다. 화장도 거의 안 했고, 입은 옷도 갑옷이었다. 마무리 일격을 넣은 것이 선하였던 탓에, 당시 선하의 갑옷은 피로 흠뻑 젖어 있었다. 그리고 선하의 손에는 피와 살점이 덕지덕지 붙은 검이 쥐어져 있었다.

땀 냄새도 났다. 피 뿐만이 아니라 전신이 땀으로

흠뻑 젖어 있었다. 그런데, 그런 상태에서 프로포즈를 받으라고?

"그건 개 잘못이야."

당시의 상황을 떠올리고서, 선하는 머리를 크게 끄덕거렸다. 당황해서 거절하기는 했지만, 당시의 상황은 정말로 어쩔 수 없었다.

"네 오빠가 센스가 부족했던 거라고. 피 비린내 폴폴 나는 던전에서, 다른 길드원들이 다 보고 있는데! 나는 화장도 안 했고, 몸에서는 땀 냄새도 났고… 피 묻은 검도 들고 있었는데. 그 상황에서 반지를 받으라고?"

[…으음….]

선하가 하는 말을 들으니 현주의 마음도 선하 쪽으로 기울 수밖에 없었다. 프로포즈. 일반적인 경우에는 인생에 단 한 번 밖에 없는 일이다. 여자라면 당연히 멋진 프로포즈를 받는 것을 기대할 수밖에 없다. 그런데, 이벤트는 고사하고 던전 한 복판에서 반지를 건네주다니.

[…오빠가 잘못했네요.]

가재는 게 편이라는 말이 있다. 이 경우에는 여자의 편은 여자였다. 현주 역시 멋진 프로포즈에 대한 로망이 있었고, 아무리 같은 헌터에 이런 저런 이유를 덧붙인다 한 들 던전 한 복판에서의 프로포즈는 최악이라는 생각밖에 들지 않았다.

"그렇지? 내가 뭐, 많은 것을 기대한 것은 아니야. 그냥… 그럴 듯한 레스토랑에서. 같이 와인 기울이면서 식사를 하던 중에 반지를 건넸다면. 나는 그것으로도 만족해."

[…되게 소박하네요. 저는 프로포즈 받으면, 뭔가 스케일 큰 이벤트도 같이 해줬으면 좋겠는데.]

"시헌이 성격이면 그런 이벤트도 준비하겠지. 하지만 우현이는 아니야. 걔는 절대로 이벤트 같은 것 준비할 성격이 아니니까."

현주는 반박할 수가 없었다. 현주가 생각하기에도 오빠는 여자를 기쁘게 하는 이벤트와는 거리가 멀었다.

[…그래서, 오빠한테는 뭐라고 말하려고요?]

"…아무 말도 안 할 거야."

선하는 입술을 삐죽거리면서 중얼거렸다.

"부끄러워서 어떻게 말 해?"

[저희 오빠 성격 알잖아요. 쓸데없이 생각 많은 것. 언니가 제대로 설명 안 해주면, 오빠는 괜히 오버해서 진지하게 생각할 텐데….]

"…그러면… 뭐… 적당한 이유라도 붙이지, 뭐."

[…적당히 하세요, 적당히. 괜히 불쌍한 우리 오빠 삐지게 하지 말고.]

"벌써부터 시누이 행세 하는 거야?"

선하가 키득거리며 물었다. 농담처럼 한 말이었는데,

그 말에 현주가 곧바로 반응했다.

[받아 줄 생각은 잔뜩 있나 보네요?]

그 말에 선하의 입술이 벌어졌다. 그녀는 머뭇거리다가 자신도 모르게 전화를 끊어버렸다. 그리고는 괜히 화끈거리는 양 뺨을 손으로 문질렀다.

"…우으…."

뒤늦게 부끄러움이 밀려왔다. 설마 우현한테 이르지는 않겠지만. 선하는 괜히 베개를 끌어안고 몸을 배배 꼬았다.

당황해서 거절하기는 했지만, 프로포즈를 받았다는 것은 순수하게 기뻤다. 로망과는 조금 다른 형태기는 했지만.

'…프로포즈 받으면… 결혼해야 하는 거잖아.'

어렴풋이 그려봤던 적은 있었지만, 그것이 손에 닿는 곳에 불쑥 다가오는 느껴지는 무게가 달랐다. 선하는 웨딩 드레스를 입은 자신의 모습을 상상해 보았다.

가슴이 터질 듯이 뛰었다. 선하는 꿀꺽 침을 삼키며 뒤로 벌러덩 누웠다. 망상이 퐁퐁거리며 솟았다. 결혼은 어디서 하지? 예식장에서 할까? 아니, 교회도 괜찮을 것 같았다. 아니면 다른 곳에서… 그러고 보니, 어떤 연예인 커플이 경치 좋은 산 속에서 조용한 결혼식을 올렸던 것이 떠올랐다. 그런 결혼식도 나쁘지 않을 것 같았다.

'괜히 소란 떨 필요는 없을 것 같아.'

우현과 선하는 유명인이었다. 둘이 결혼하게 된다면, 분명 매스컴에서도 야단을 떨 것이다. 기자들도 몰려 올 것이고. 그렇다면 차라리 지인들만 초대한 조용한 결혼식이 나을 지도 모른다.

'판데모니엄 안에서 식을 올리는 것도 괜찮을 것 같은데…'

일단 제네시스의 길드원들은 초대해야 할 테니까. 다른 나라에서 사는 헌터들도 있으니, 차라리 판데모니엄 안에서 결혼식을 올리는 편이 여러 가지로 편할 것이다. 던전 중에서 경치 좋은 곳을 찾아서, 그 안에서 조용하게.

'아니, 잠깐. 판데모니엄 안에서 식을 올리면 우현이네 가족이 못 오잖아.'

판데모니엄 안으로 들어갈 수 있는 것은 헌터 뿐이다. 현주와 어머님은 헌터가 아니니까, 판데모니엄 안에서 식을 올린다면 들어 올 수가 없다.

'부케는… 현주한테 줘야지. 현주랑 시헌이도 나중에 결혼할 지도 모르니까. 웨딩드레스는 어떡하지?'

생각이 거기까지 향하자, 선하는 일단 핸드폰을 잡았다.

그녀는 포털 사이트에 웨딩드레스를 검색하면서 발그레한 얼굴로 웃었다.

돌아가겠다고 마음을 먹기는 했지만, 막상 돌아가려니까 발이 떨어지지 않았다.

우현은 저택의 문 앞에서 한참을 서성거렸다. 밤이 조금 깊기는 했고, 문은 닫혔다. 열쇠는 가지고 있으니까 그냥 들어가서 문을 열면 끝이다.

하지만 그 걸음이 떨어지지가 않았다. 우현은 한숨을 푹 내쉬면서 머리를 벅벅 긁었다. 편의점에서 면도기와 면도 크림을 사서 면도는 이미 끝냈다. 구겨진 옷은 어쩔 수 없었지만, 며칠 동안 찜질방에서 지내면서 추레해진 몰골은 어느 정도 원래의 모습으로 돌아왔다.

'만나서 도대체 뭐라고 말을 해야 하는데?'

우현의 발을 막은 것은 그런 단순한 의문과 부끄러움이었다. 현주가 말했던 것처럼, 그는 쓸데없이 생각이 많았고 진지했다. 우현은 머리를 부여잡으면서 신음을 흘렸다.

'진짜 싫어서 거절 한 것이면 어떡해? 앞으로 어떻게 해야 되는데?'

세상에 여자는 많다. 소주를 입에 부으면서 강만석이 토하던 열변이 떠올랐다. 그렇게 여자가 많은데, 정작 왜 아저씨 곁에는 아무도 없냐고 물었을 때에 일그러지던 강만석의 얼굴도 함께 떠올랐다.

"빌어먹을."

결국 우현은 욕설을 뱉고 말았다. 아무래도 안 되겠다는 생각에 우현은 발을 뻗었다. 화악! 눈에 보이던 공간이 순식간에 바뀌었다.

잡생각이 너무 많았다. 지금 집으로 돌아갔다가는 도대체 무슨 얼굴로 선하를 볼 것이며, 선하에게 무슨 말을 해야 할지 알 수가 없었다.

그래서, 우현은 판데모니엄 안으로 들어왔다. 잡념을 지우기 위해서였다. 생각이 많고 진지한 구석이 있기는 했지만, 그런 면모와는 반대되게 우현은 단순한 구석도 있었다. 일단 몸을 움직이고, 땀을 흘리고, 몬스터를 쓰러트리고. 그러다 보면 잡념은 자연스럽게 사라질 것이다.

'93번 던전으로 가야겠어. 원래는 길드원들과 함께 토벌하기로 했던 곳인데… 토벌은 94번 던전으로 옮겨야겠군.'

단신으로 던전을 공략한다. 다른 헌터가 들으면 어처구니가 없어 웃겠지만, 우현에게는 충분히 가능한 일이었다.

일단 준비를. 우현은 제네시스의 길드 하우스 쪽으로 향했다. 대부분의 장비는 아공간 안에 보관하고 있지만,

던전 내에서 마실 식수와 식량을 챙기기 위해서였다.

 털털거리며 움직이는 발전기를 지나, 길드 하우스 뒤
편의 식량 창고로 향했다. 도중에 조금씩 쉬는 시간을
제한다면 하루면 던전 공략을 끝낼 수 있다.

 여태까지 그렇게 하지 않은 것은, 어디까지나 다른 길
드원들을 위해서였다. 우현이 원했던 것은 헌터의 존속.
만약 우현 혼자서 던전을 토벌하고 다닌다면, 다른 헌터
들이 설 자리가 없게 된다. 그래서 길드원들끼리 던전을
공략하면서 네임드 몬스터와 싸우게 될 때에도, 우현은
일부러 딜러 역할은 하지 않고 탱커 역할에 충실해 왔
다.

 오늘은 아니다.

 "뭐하냐?"

 등 뒤에서 목소리가 들렸다. 우현은 멈칫해서 뒤를 돌
아 보았다. 뻐딱한 자세로 선 세르게이가 우현을 노려보
고 있었다.

 "…안 자고 있었나?"

 "낮과 밤이 존재하지 않는 세계다. 밖은 밤인가 보
지?"

 "한국은."

 "뭐, 그건 내 알 바가 아니지. 그래서… 잠을 자야 할

밤에. 너는 여기서 뭘 하고 있는 거냐?"

"제네시스의 길드 하우스야. 길드 마스터인 내가 여기서 뭘 하던 말던, 네가 알 바는 아닌 것 같은데."

우현은 싸늘한 얼굴로 내뱉었다. 그 말에 세르게이는 낄낄거리면서 웃었다.

"얼굴이 말이 아니군."

불쑥 뱉는 말에 우현의 눈썹이 찡그려졌다.

"뻔하구나. 며칠 동안 궁상을 떨고 있었나 보지?"

"…무슨 말을 하고 싶은 거냐?"

"그냥, 놀려주고 싶을 뿐이다."

세르게이는 그렇게 말하면서 우현의 뒤편에 있는 식량창고를 힐끗 보았다.

"…밖에서 식량난이 일어난 것도 아닐 테고. 뭐하러 식량 창고를 뒤지고 있지?"

"던전에 가려고."

"…던전? 93번 던전 공략은 며칠 후 아니었나?"

"…그냥, 조금 몸을 움직이고 싶어서."

그 말에 세르게이는 어이가 없다는 얼굴을 하고서 웃었다. 그냥 몸을 움직이고 싶다. 단순히 그 이유로, 아직 공략되지 않은 93번 던전에 혼자 들어가겠다는 건가.

"괴물 새끼."

그 외에 맞는 말을 떠올릴 수가 없었다. 단신으로 던전 공략이 가능한 헌터를 괴물 외에 무어라 부를 수 있겠나.

"…몸을 움직이고 싶다면, 잘 됐군."

세르게이는 그렇게 중얼거리면서 손을 들었다.

파앗!

아공간에서 빠져 나온 두 개의 검이 세르게이의 손에 쥐어졌다.

"괜히 던전 들어가서 몬스터 잡을 필요 없어. 내가 놀아줄 테니까."

"…뭐라고?"

갑작스러운 세르게이의 말에 우현이 멍한 얼굴로 물었다. 농담하는 기색은 조금도 보이지 않았다. 세르게이는 싸늘하게 식은 눈으로 우현을 노려보았다. 그 시선에 우현은 한 걸음 뒤로 물러섰다.

"…너로서는 나를 어떻게 할 수가 없어. 그건 너도 잘 알 텐데."

"…건방진 새끼."

까득.

세르게이는 이를 갈면서 내뱉었다. 하지만 틀린 말은 아니었다. 세르게이는 제네시스 안에서 우현 다음이라 해도 좋을 정도의 실력자였다.

하지만 우현과 세르게이 사이에는 상당히 많은 격차가 존재했다. 예전이라면 모를까, 지금에 와서는 우현은 세르게이에게 그 어떤 위협이나 긴장을 느낄 수가 없었다.

"개소리하지 말고 무기나 뽑아라."

세르게이 역시 그 사실을 잘 알고 있었지만, 그는 물러서지 않았다. 기분이 더러운 것은 세르게이 역시 마찬가지였다. 여동생인 발레리아가 도대체 뭐에 홀려서 저 새끼한테 마음을 주고 있는 것인지 알 수가 없었고, 발레리아의 마음이 보답받을 수 없다는 것도 알고 있다.

그래서, 가만히 있을 수가 없는 것이다. 다른 것은 몰라도 세르게이는 우현을 두들겨 패지 않고서는 배길 수가 없었다.

"…이것도 괜찮지."

우현은 한숨을 쉬면서 중얼거렸다. 괜히 던전으로 들어가는 수고를 겪느니, 차라리 세르게이를 상대로 몸을 움직이는 것이 나아 보였다.

"진검으로 할 거냐?"

"왜. 베일까봐 겁 나?"

"아니. 네가 베일까봐."

우현은 그렇게 중얼거리면서 손을 뻗었다. 묵직한 대검이 손에 쥐어졌다.

"능력을 쓰지는 않으마. 텔레포트, 안개화. 아무 것도 쓰지 않겠어. 그냥, 검이랑… 몸으로. 그것으로 충분할 테니까."

"…건방진 새끼."

세르게이의 자세가 낮아졌다. 모욕을 느끼기는 했지만, 만약 정말로 우현이 능력을 사용하지 않는다면 상황적으로는 세르게이에게도 승산이 있었다.

'투기의 크기는 놈이 나보다 압도적으로 많겠지.'

세르게이 역시 몇 번이나 마석을 흡수해 왔지만, 그것을 모두 감안한다고 해도 우현보다 투기의 양이 많다고 자신할 수가 없었다.

'힘을 위주로 한 정면 대결을 피하면서 반격 위주로 간다면 불가능한 것도 아니야.'

세르게이 역시 뛰어난 실력의 헌터다. 특히 그가 자신이 있는 것은 몬스터를 상대로 싸우는 것이 아니라 같은 인간을 상대로 싸우는 것이었다. 한때는 서커스의 리더였던 몸. 같은 헌터를 상대로 어떻게 싸우고 어떻게 죽여야 할지는 잘 알고 있었다.

'죽일 생각까지는 없고.'

죽일 자신도 없고. 세르게이의 발이 땅을 박찼다. 지금의 처지에서 만약에라도 우현을 죽이는 것이 성공한다면, 세르게이와 발레리아는 조금의 여지도 없이 곧바로 사형 당하게 된다. 이것은 어디까지나, 멍청한 여동생을 가지고 있는 오빠로서 하는 화풀이일 뿐이다.

우현은 달려드는 세르게이를 보고서 표정을 굳혔다. 다가오는 속도가 심상치 않았다. 단순 몸풀이 대련이 아니라, 세르게이는 진심이었다.

도대체 왜?

우현은 세르게이가 갑자기 덤벼드는 이유를 도저히 알 수가 없었다. 물론 평소에도 잦은 마찰을 빚어오기는 했지만, 그 모두가 적당한 말싸움이었지 이렇게 칼부림으로 이어질 건수는 아니었다.

'뭐야 이거…!'

까앙!

검과 검이 부딪혔다. 우현의 몸이 뒤로 밀려났다. 손바닥에서 저릿거리는 울림이 전해졌다.

'이 새끼, 진심이잖아…!'

두 개의 검이 폭풍처럼 몰아쳤다. 세르게이는 빠르게 스텝을 밟으면서 노도처럼 검을 휘둘렀다. 속도 쪽에 무게를 준 쾌검이었다.

우현은 일단 반격하지 않고서 세르게이의 공격을 받아냈다. 속도 쪽으로 기울였다고는 하지만 무게가 없는 것은 아니었다. 일격 자체의 무게는 무겁지 않더라도 똑같은 곳을 두 개의 검이 계속해서 노리고 밀려들어오니,

우현의 몸이 비틀거리며 뒤로 물러설 수밖에 없었다.

"으득!"

도대체 세르게이가 왜 이러는 것인지는 알 수가 없었지만, 놈이 이렇게 전투적으로 나오는 이상 우현도 가만히 당해 줄 생각은 없었다. 우현의 양 손이 칼자루를 꽉 붙잡았다. 힘이 들어 간 팔뚝 근육이 꿈틀거렸다.

콰아아!

크게 휘두른 검이 세르게이를 물러서게 만들었다. 제대로 몸에 맞는다면 일격에 허리가 양단 될 정도로 예리한 공격이었다. 하지만 세르게이는 조금도 당황하지 않고 여유롭게 스텝을 밟으면서 거리를 벌렸다.

"할 생각 들지?"

세르게이는 그렇게 물으면서 소매를 이로 씹어 팔뚝 위까지 올렸다. 그의 손에 쥐어져 있던 쌍검이 빙글 돌아 방향을 바꿨다.

"정신 똑바로 차려라. 안 그러면 목 날아간다."

"…도대체 왜 이러는 것인지는 모르겠지만."

우현은 낮은 목소리로 중얼거리면서 자세를 낮추었다. 투기가 끓어올라 우현의 힘을 끌어올렸다.

"확실히, 몬스터랑 싸우는 것보다 너랑 하는 것이 재밌을 것 같아."

우현의 발이 땅을 박찼다. 제 키보다 큰 대검을 들고
달리는 것인데도, 우현의 속도는 세르게이의 가속에 비
해 조금도 뒤처지지 않았다.

첫 공격은 저 엉덩이 무거운 놈을 움직이기 위한 도발
이었을 뿐. 세르게이는 우현이 생각대로 달려들자 곧바
로 대응에 나섰다.

투기의 밸런스를 바꾼다.

이 경우에 필요한 것은 힘이 아닌 속도. 꿈틀거리며
움직인 투기가 세르게이의 밸런스를 바꾸는 것에는 1초
의 시간도 걸리지 않았다. 거기서 더 지체되었다가는
'스위치'는 실전에서 써먹을 수 없는 반쪽짜리가 된다.

화아악!

세르게이의 몸이 잔상을 그릴 정도로 빠르게 움직였
다.

꽈직!

우현이 내리찍은 검이 바닥에 처박혔다.

'밸런스를 바꿨어.'

우현이 그러했듯, 세르게이 역시 스위치를 직접 만들
어내고 그것에 익숙해졌다. 투기의 고속변환으로 체내
밸런스를 바꾼다. 힘이 필요한 타이밍에는 힘에 무게를
주고, 속도가 필요한 타이밍에는 속도에 무게를 준다.
밸런스가 어긋난다면 몸의 균형조차 잡기 힘들게 되지

만, 자신의 몸에 맞는 밸런스를 완전히 파악하고 숙지하고 있다면.

스위치는 저런 변화도 가능하게 만든다. 우현의 눈이 바쁘게 움직였다. 발로 땅을 뛰며 움직이는 세르게이의 움직임은, 초고속 카메라를 써야 간신히 잡힐 것처럼 빨랐다.

카가각!

세르게이가 찍은 검이 우현의 검을 스치고 지났다. 우현은 살짝 자세를 옆으로 기울여 세르게이의 공격을 완전히 피해냈다.

'완전히 속도 위주로군. 하긴, 정면대결로 들어가 힘 싸움을 벌인다면 승산이 없을 테니까.'

세르게이의 칼이 실전 위주에 사람 죽이기에 적합하게 다듬어졌다는 것은 우현 스스로도 잘 알고 있었다. 예전에 세르게이에게 한 번 죽을 뻔 했던 적이 있었으니까. 투기의 운용과 스위치의 사용에 있어서, 세르게이는 우현과 호각이라 해도 좋았다.

그때에는, 말이다.

똑, 딱.

우현의 스위치가 올라갔다. 힘에서 속도로. 세르게이가 힘 대결을 피한다면 우현이 그를 쫓는다. 우현 역시 힘에서 속도로 밸런스를 바꾸었다. 날 길이만 해도 2m

에 달하는 대검이 얇고 가벼운 수수깡처럼 가볍고 빠르게 움직였다.

카카캉!

허공에서 세르게이의 쌍검과 우현의 대검이 부딪혔다. 세르게이는 손목의 욱신거림을 삼키면서 미간을 찡그렸다.

'빨라…!'

손 안에서 검이 빙글 돌았다. 세르게이는 손목을 튕기며 우현이 방어하기 힘든 사각으로 검을 찔러 넣었다. 하지만 모조리 막혔다. 우현은 그 자리에서 움직이지도 않고 대검을 까닥거리며 세르게이의 검을 막아냈다.

'힘 싸움으로는 안 돼. 그래서 속도로 끌고 갔는데….'

세르게이가 쥐고 있는 것은 날이 얇고 긴 검이다. 반면에 우현이 들고 있는 것은 날이 크고 두꺼운 대검. 일반적인 경우라면 세르게이의 속도가 우현을 아득히 웃돌아야 한다.

하지만 우현은 그것을 스위치를 사용한 투기의 고속 변환으로 충당하고 있었다. 단순히 검을 한 번 휘두를 때에도 스위치는 계속해서 바뀐다. 터무니없는 일이었다. 세르게이 역시 스위치에 익숙하기는 했지만, 공격 한 번에 저렇게 스위치를 몇 번이나 바꾸는 것은 도저히 불가능했다.

"윽!"

쩌엉!

우현의 검이 세르게이의 몸을 갈겼다. 급히 칼을 회수하여 몸을 가리기는 했지만, 그 묵직한 충격이 세르게이의 내장을 진탕시켰다. 세르게이는 솟구치는 핏물을 삼키면서 뒤로 쭉 밀려났다. 속도에 힘. 그 모든 것을 갖췄다. 막는 것이 늦었다면 몸이 그대로 잘렸을 것이다.

"…계속할 거냐?"

우현이 물었다. 그는 휘두른 검을 내리며 세르게이를 노려보았다. 그 초연한 시선에 세르게이는 입술을 잘근거리며 씹었다. 그는 저릿거리는 팔을 크게 떨치면서 사나운 눈으로 우현을 노려보았다.

"그래, 계속 해 보자. 이 개새끼야."

세르게이는 그렇게 외치며 다시 땅을 박찼다. 이렇게 시비를 걸어 싸우게 되었는데, 저 뻔뻔한 낯짝에 당황함 한 번 실리게 하지 않고서는 배알이 꼴려서 안 되겠다. 세르게이의 검의 속도가 더욱 빨라졌다. 완전한 속도가 세르게이의 검에 실렸다.

그것은 더 이상 인간이 휘두르는 검의 속도가 아니었다. 온갖 기교가 섞인 화려한 검격이 우현을 압박했다. 우현은 한숨을 쉬면서 발을 비벼 끌어 뒤로 밀어냈다.

꽈아앙!

우현의 검이 휘둘러졌다. 힘을 주어 정면에서 풀 스윙으로 휘두른 검이 세르게이의 검을 박살냈다. 세르게이는 손목이 박살나는 것 같은 통증을 느끼면서 땅을 뒹굴었다. 우현은 휘두른 검을 땅에 박아 넣으면서 세르게이를 내려 보았다.

"도대체 왜 이러는 거냐?"

우현이 물었다. 그는 이해할 수 없다는 눈을 하고서 세르게이를 내려 보았다.

"네가 나를 마음에 들어 하지 않는다는 것쯤은 알아. 그야 당연하겠지. 너랑 나는 예전부터 이런 저런 악연이 많았으니까."

"카악, 퉤!"

우현의 말에 세르게이는 머리를 돌려 침을 뱉었다. 뱉은 침에는 붉은 피가 섞여 있었다. 그것을 보는 세르게이의 얼굴이 일그러졌다.

그래도 한때는, 최고의 헌터 중 하나라고 꼽히던 몸이다. 서커스의 단주로서 수많은 헌터를 죽였고, 헌터 중에서 가장 높은 SSS급이나 SS급도 죽였던 적이 있었다. 그런 헌터들을 상대로 싸울 때에 세르게이는 언제나 상대보다 압도적으로 강한 포식자였다.

"그런데, 그것도 옛날 얘기잖아. 지금 와서 네가 나한테 이렇게 시비를 걸고 싸움을 거는 것을… 나는 도저히 모르겠군. 뭐 불만이라도 있나?"

"알아서 생각해라."

"판데모니엄 안에서의 생활에 뭐 불만이라도 있나? 자기 처지를 잊은 것 같은데, 너는 세계적인 범죄자야. 운이 좋으면 사형일 것이고 운이 없다면 평생을 감옥에 썩어 뒈져야 하는 신세라고."

"아, 그래? 그러면 그렇게 하지 그래?"

세르게이의 눈에 살의가 깃들었다.

"이런 내가 필요하답시고 세계와 헌터 협회를 상대로 웃기지도 않은 거래를 한 것은 네 놈 아니었나? 그런데, 생각해 보면 이상하단 말이지. 너 혼자서 던전 토벌하기에는 충분한데… 왜 나와 발레리아를 넘기지 않는 거냐?"

"필요하니까."

우현은 표정하나 바꾸지 않고 그렇게 말했다.

"죄는 죄지만, 네 실력은 아까워. 너 정도의 헌터를 써먹을 수 있다면 쓰는 것이 낫지."

"웃기지 마. 나랑 발레리아가 없다고 해도, 너는 던전 토벌에 아무런 어려움도 겪지 않잖아…!"

"그것은 어디까지나 내 얘기야."

우현의 눈이 가늘어졌다.

"네 말대로, 나는 마음만 먹는다면 혼자서 던전을 토

벌하는 것이 가능해. 그걸 하지 않는 것은, 나 이외의 다른 헌터들에게 살 길을 열어주기 위해서고. 당장 던전 토벌도 그렇잖아?"

제네시스 길드는 세계 제일의 길드다. 최전선에서 신규 던전을 공략하고 있지만, 제네시스는 모든 던전을 공략하지는 않는다.

어느 정도 텀을 둔다. 91번 던전을 공략하는 것에 성공했다면, 92번 던전이나 93번 던전은 다른 길드에게 양보한다. 그리고 공략한 던전에 대한 정보는 다른 길드에게 무상으로 공개, 공유하고 있다.

"너무 강했다가는 배척받을 뿐이야. 나는 협회를 상대로 싸움을 걸고 싶지도 않고, 협회가 나를 크게 경계하게 만들고 싶지도 않아. 범죄자인 너를 필요에 따라 데리고 있다. 너를 던전 공략의 주력 멤버로 두면서 사용한다. 그것은, 내가 완전하지 않다는 증거가 되지."

"미친놈."

세르게이는 우현의 말을 듣고서 그렇게 중얼거릴 수밖에 없었다. 즉, 이것은 정우현이 협회와 세계를 상대로 세르게이를 이용해서 사기를 치고 있는 것이다.

"너한테는 좋은 일 아닌가? 죽지 않아도 되고, 감옥에 갇힐 필요도 없잖아. 제한되기는 하지만 판데모니엄 안에서 자유를 누릴 수도 있고."

"…미친놈…."

세르게이는 다시 중얼거렸다. 그는 어이가 없다는 얼굴을 하고서 웃었다. 자리에 주저앉은 그는, 뭐라고 말하기 힘든 복잡한 감정을 느끼고 있었다. 진짜로 필요해서 거두어 진 것이 아니다. 단순히 도구로서 이용되고 있을 뿐.

이것에 배반감을 느껴야 할까?

'니미. 배반감은 무슨.'

오히려 이런 처지가 마음에 들었다. 괜히 신뢰니 뭐니하는 것보다 이해득실이 오가는 관계가 더욱 믿음이 간다. 세르게이는 우현에게 이용되고, 세르게이는 그 대가로 목숨을 부지하며 한정된 자유를 받는다.

"…왜 싸움을 걸었냐고?"

세르게이는 숙이고 있던 머리를 들었다. 그는 우현의 얼굴을 노려보면서 내뱉었다.

"발레리아."

"…뭐?"

갑작스러운 말에 우현의 눈이 동그랗게 떠졌다.

"내 여동생. 발레리아 그 멍청한 년이, 네가 좋은 모양이다."

"…뭐라고?"

대화의 흐름이 가속되었다. 우현은 이해할 수가 없다

는 얼굴로 세르게이를 응시했다.

세르게이가 한 말이 무슨 뜻인지는 알았다. 발레리아. 세르게이의 여동생이자, 이전 서커스의 단원. 우현과 함께 라플라시아의 숲에 한 달 간 갇혀 있었던 여자.

어쩌면 우현과 함께 라플라시아의 숲에서 아담과 이브가 될 수도 있었던.

"뭐, 뭐라는 거야?"

우현은 머릿속에 떠오르는 잡념을 억지로 지워냈다.

"말 그대로야. 발레리아가 너 좋아한다고. 나는 그 멍청한 년이, 도대체 무슨 생각으로 너 좋다고 그러는 건지 모르겠는데…."

세르게이는 낮게 웃음을 터트렸다.

"네가 그 여자한테 프로포즈하고, 내 여동생이 반쯤 정신이 나가버려서 말이야. 밥도 잘 안 먹고 히스테리를 부리길래… 보던 내가 열 받아서, 너한테 시비 건 거다. 됐냐?"

"…저, 정말로?"

"내가 왜 거짓말을 하겠나? 그것도 내 여동생을 데리고."

그 말에 우현은 입술을 삐끔거리면서 세르게이를 내려 보았다. 그때, 라플라시아의 숲에서 서로 묘한 분위기가 있었던 것은 사실이다.

그런데 좋아한다니? 이제 와서? 세르게이는 명하니 굳은 우현을 보면서 엉덩이를 털고 일어섰다.

"너 알아서 해라."

세르게이가 불쑥 말했다.

"모른 척하던지, 아니면 내 여동생이랑 얘기를 해 보던지. 나는 산책이나 좀 하고 올 테니까."

"…뭐?"

"산책하고 온다고, 산책."

세르게이는 그렇게 말하면서 몸을 돌렸다. 우현은 주머니에 손을 푹 찔러 넣고 멀어지는 세르게이의 눈을 명한 눈으로 바라보았다. 그리고는 뻣뻣한 시선을 돌려 길드 하우스를 바라보았다.

"…나보고 뭘 어쩌라고?"

허탈한 목소리가 울렸다.

◎

낮과 밤이 나뉘어지지 않은 세계. 발레리아는 창 밖에서 들어오는 희끄무레한 빛을 보면서 턱을 괴었다. 판데모니엄의 빛은 회색이다. 태양빛은 엷고, 하늘은 뿌옇다. 낮과 밤이 없는 만큼 그 중간이라는 느낌이다. 이른 새벽의 파란 빛과는 다른, 구름이 가득 낀 새벽의 느낌이다.

'잠이 안 와.'

최근 들어서 잠이 부족하다는 것은 실감하고 있어서, 여유가 있을 때에 억지로라도 잠을 자려 했는데. 잠이 오지 않았다. 발레리아는 지끈거리는 안구를 손으로 꾹 눌렀다. 수면제라도 찾아야 할까? 약에 의존해서 자고 싶지는 않은데.

수면 뿐만이 아니다. 식사량도 크게 줄어버렸다. 공복 감은 있지만 뭔가를 먹고 싶지는 않다. 며칠 후면 던전 공략이 있으니까 체력을 보존해야 하는데.

결국 생각만 그렇게 할 뿐. 대처를 해야 함을 알아도 하지 않는다. 난감한 반복이다. 발레리아는 쓰게 웃으면서 침대에서 내려와 바닥에 섰다.

이런 자신이 추하다는 것은 알았다.

결국 멋대로 감정을 주고, 반해버린 것은 발레리아 쪽이다. 라플라시아의 숲에서 있던 한 달 간의 생활. 뭔가 특별한 추억이 있던 것은 아니다. 뭔가 기념할 만한 이벤트가 있었던 것도 아니다. 그럼에도 발레리아에게 있어서, 우현과 보냈던 한 달은 특별하게 느껴졌다.

서커스는 모든 헌터들이 두려워하던 길드였지만, 그 서커스의 단주인 세르게이와 간부였던 발레리아는 결국 범죄자에 도망자였다. 판데모니엄 안에서도, 현실에서도. 떳떳이 돌아다닐 수가 없어서 언제나 숨어 지냈다.

그것을 생각해 보면, 라플라시아의 숲에서 보냈던 한 달은 나쁘지 않았다. 누구 눈치 볼 것도 없이 얼굴을 내놓고서 돌아다녔고, 생활이 조금 불편하기는 했지만 그것도 하다 보니 익숙해졌다.

남에게 보여주지 않았던 모습도 잔뜩 보여주었다.

'차라리 그곳에서 계속 갇혀 있었다면.'

오히려 그 쪽이 좋았을 지도 몰라. 발레리아는 계단을 내려가면서 생각했다. 생각한 즉시 피식 웃음이 나왔다. 말도 안 되는 생각이지. 숲 안에서 자급자족하는 것에도 한계가 있었을 테니까.

"응?"

목이 말라서 물을 마실 생각이었는데. 계단을 내려 온 발레리아의 걸음이 멈칫 굳었다. 그녀는 눈을 동그랗게 뜨고서 거실에 서있는 우현을 바라보았다.

우현은 발레리아와 시선이 마주치자 움찔 놀라 몇 걸음 뒤로 물러섰다.

"네… 네가 왜 여기에 있는 거야?"

발레리아가 당황한 얼굴로 물었다. 그 질문에 우현은 난처한 얼굴을 하고서 뒷머리를 긁적거렸다.

세르게이에게 발레리아에 대한 이야기를 들었다. 세르게이는 그것을 무시해도 상관이 없다고 말했지만,

우현은 그것을 무시할 정도로 신경이 굵지 않았다.

그래서 직접 부딪히기로 했다. 계획따위는 없었지만, 일단 발레리아와 만나서 이야기를 해보고 싶었다. 대화를 나눈다면 뭐라도 될 것 같아서.

발레리아는 미묘하게 굳은 우현의 얼굴을 뚫어져라 보았다. 그리고는 방 안을 둘러보았다. 그러고 보니, 세르게이가 보이지 않았다.

"하아."

발레리아는 한숨을 쉬면서 머리를 벅벅 긁었다. 무슨 상황이 벌어진 것인지 뒤늦게나마 이해했다. 아무래도 지금 자리에 없는 세르게이가 뭔가 쓸데없는 말을 한 모양이었다.

잠깐 동안 발레리아는 입술을 다물고서 우현의 시선을 피했다. 우현도 일단 정면으로 부딪히겠답시고 찾아오기는 했지만, 그럴 듯한 계획을 갖고 온 것은 아니라 입을 꾹 다물었다.

"…차라도 마실래?"

침묵이 끝났다. 발레리아는 우현을 힐끗 보면서 물었고, 우현도 머뭇거리며 머리를 끄덕거렸다. 발레리아는 응접용 테이블을 눈으로 가리키면서 말했다.

"앉아 있어."

우현은 테이블 쪽으로 가서 앉았다. 발레리아는 입을 다물고서 차기를 꺼냈다. 차라고 해 봐야 끓인 물에 티

백을 우리는 것 정도다. 발전기에 연결한 멀티탭에 전기
포트를 꽂고 물을 끓였다. 뜨겁게 끓은 물을 컵에 붓고,
티백을 넣었다.

"마셔."

발레리아는 우현에게 차를 밀어 주었다. 옅은 붉은색
의 홍차였다.

"…고마워."

우현은 그렇게 말하고서 찻잔을 입술로 가져갔다. 찻
물이 뜨거워서 조금밖에 마시지 못했다.

"세르게이가 너한테 무슨 말을 한 거야?"

발레리아가 물었다. 그 질문에 우현은 움찔 굳어서 발
레리아를 바라보았다. 발레리아는 손으로 턱을 괸 체 뚱
한 얼굴로 우현을 응시했다.

"…무슨 말이야?"

"시치미 떼지 마. 세르게이가 너한테 이상한 소리를
했잖아? 그래서 네가 여기 온 것이고."

"나는 단지…."

"거짓말 할 거야?"

발레리아가 피식 웃으며 물었다. 그렇게 되니 우현은
어쩔 수 없다는 얼굴로 한숨을 내쉬었다. 그는 찻잔을
내려놓고서 발레리아의 얼굴을 빤히 보았다.

"…맞아. 세르게이에게 네 얘기를 들었어."

"무슨 얘기?"

"세르게이 말로는, 네가 날 좋아한다던데."

멍청한 세르게이. 발레리아는 피식 웃으면서 의자를 뒤로 기울었다. 그녀는 가만히 입을 다물고 의자를 삐걱거렸다. 그러면서 눈을 가늘게 뜨고 우현의 눈을 바라보았다.

"너는 그 말에 대해 어떻게 생각해?"

발레리아가 불쑥 물었다. 우현은 멈칫하여 발레리아의 얼굴을 바라보았다. 발레리아는 딱히 감정이 드러나지 않은 얼굴로 우현의 눈을 지그시 보고 있었다.

"…조금, 혼란스럽군."

우현은 한숨을 쉬면서 중얼거렸다. 그는 내려놓은 찻잔을 보면서 뒤통수를 벅벅 긁었다.

"네 마음은 조금도 눈치 채지 못했었으니까. 그리고… 음…."

도대체 무슨 말을 해야 하는데? 우현은 머뭇거리며 입술을 씹었다. 그런 우현의 모습을 삐딱한 얼굴로 보고 있던 발레리아는, 젖히고 있던 의자를 앞으로 내려 바로 앉았다.

쿵.

의자 다리가 가볍게 바닥을 내리 찍었다.

"세르게이가 괜한 말을 했어."

발레리아의 입이 열렸다. 그녀는 날카롭게 치켜 뜬 눈

으로 우현을 노려보았다. 그 매서운 시선에 우현은 괜히 위축되어 턱을 당겼다.

"…그 말은, 세르게이가 거짓말을 했다는 거야?"

"아니, 그건 아니야."

발레리아는 머리를 흔들며 그 말을 부정했다. 그렇다 면? 우현은 이해할 수 없다는 얼굴로 발레리아를 응시했 다.

발레리아는 크게 숨을 삼켰다. 가슴이 쿵쿵거리면서 뛰었다. 이 민망하고, 또, 낯간지러운. 그런 상황에 처하 게 된 것이 엿 같았다.

"그냥, 내가 해야 할 말을 세르게이가 대신 전한 것이 엿 같을 뿐이야."

발레리아는 우현을 노려보면서 말했다. 단지 그 뿐이 다. 발레리아의 감정이고, 발레리아의 사정이다. 만약 이 문제를 우현에게 떠들어야 한다면, 그 시작은 반드시 발레리아 본인이 해야만 했다.

발레리아는 오빠인 세르게이의 오지랖이 마음에 들지 않았을 뿐이다.

"맞아. 라플라시아의 숲 이후로, 나는 너에게 묘한 감 정을 갖게 되었어."

엿 같다는 생각 한 구석에, 아주 조금 고맙다는 생각 도 들었다.

세르게이가 선수를 치지 않았다면, 발레리아는 평생
이 일에 대해 우현에게 숨기고 있었을 것이다.

기분이 엿 같고 우울하겠지만, 그것을 스스로 감내했
을 것이다.

차라리 이 편이 낫다. 발레리아는 피식 웃으면서 생각
했다. 그녀는 테이블을 손으로 짚고서 우현의 얼굴을 노
려보았다.

"그게 전부야. 너한테 뭔가를 기대하고 있지는 않아.
네가 그… 동양인 여자랑 어떤 사이인지 아니까."

"…으음…."

우현은 어쩔 줄 몰라 하는 얼굴로 발레리아를 응시했
다. 지금의 상황에서 도대체 어떻게 대처해야 할지, 우
현은 스스로도 잘 알 수가 없었다. 발레리아가 자신을
저렇게 생각해 준다는 것 자체는 조금 기쁘기는 했지만,
그것을 마냥 내색할 수는 없다.

그리고 그 기쁨보다는 당혹감이 더 크다.

"기대하고 있지는 않지만, 네가 확실히 대답해 줬으면
좋겠어."

발레리아는 우현을 빤히 보았다. 그 시선에 우현은 더
욱 난감해졌다. 이 상황에서 도대체, 뭐라고 대답을 해
야 한단 말인가.

'아니, 정해져 있잖아.'

우현은 한숨 섞인 웃음을 뱉었다.

사실 망설일 것도 없다.

선하의 얼굴이 아른거렸다.

첫만남부터, 지금에 이르기까지.

처음 선하를 만났을 때에는 여러 가지로 의심이 많았다. 당시의 우현은… 스스로를 호정이라고 생각했었으니까.

네임드 몬스터의 출현 시각과 위치를 알고 있는 선하는, 남들과는 다른 과거를 가진 우현에게 있어서 여러 가지로 의심의 대상이었다. 혹시 선하도 나와 같이 데루가 마키나에 의해 되살아난 사람이 아닐까. 처음 선하와의 교류를 시작하게 된 계기는, 그런 의심이었다.

그 다음은? 선하에 대한 의심이 사라지고, 그녀의 진신을 알게 된 다음은?

동질감.

그 다음은?

어쩌면, 동정이 있었을 지도 모른다. 선하의 과거나 누군가에게 품은 복수심.

배신당해 죽은 선하의 아버지와, 그런 아버지의 복수를 위해 선하는 스스로를 단련해 왔다. 어쭙잖은 동정 정도는 사정을 듣는다면 누구나 해 줄 수 있었을 것이다.

처음에는, 서로가 서로를 이용하는 관계였다.

그것이 변했다.

"미안해."

우현은 쓰게 웃으며 발레리아를 바라보았다.

"네가 나를 그렇게 생각해 주는 것은 고맙지만… 미안해. 받아 줄 수는 없을 것 같아."

교과서에 나올 법한 정석적인 거절. 그 말에 발레리아는 그럴 줄 알았다는 듯이 픗 웃었다.

저런 대답을 들을 것이라고는 예상하고 있었다. 마음이 아프고, 답답하고, 짜증나고. 그런 감정 속에서 후련하다는 생각이 들었다. 발레리아는 조금 식은 찻물을 들이켰다.

미지근한 찻물이 차갑게 느껴졌다.

"그럴 줄 알았어."

발레리아는 키득거리며 웃었다.

그래, 차라리 이 편이 나아. 혼자 아무 말도 하지 못하고, 아무 것도 하지 못하고, 주변을 서성거리는 것보다… 이렇게 정면으로 부딪혀서, 정면으로 박살나는 것이 훨씬 속이 편해.

"그런데, 너. 프로포즈 한 것 거절당했잖아."

그 말에 우현은 입술을 다물었다. 발레리아는 굳은 우현의 얼굴을 보면서 키득거렸다.

"그런데, 그때 상황이 별로 안 좋았어. 그건 너도 알지?"

"…뭐? 상황이 뭐가 안 좋았다는 거야?"

우현은 당황한 얼굴을 하고서 그렇게 물었다. 그 물음에 발레리아는 오히려 어이가 없다는 얼굴을 하고서 우현을 빤히 보았다.

"정말 모르는 거야?"

"내가 뭐… 실수라도 했었어? 반지도 비싼 거였고… 주변에서 다들 축하해줬잖아."

"이 멍청한 녀석."

발레리아는 혀를 차면서 중얼거렸다. 결국 그녀는 우현을 붙들고서, 그때의 상황이 어땠는지를 차근차근히 알려주었다.

피에 흠뻑 젖고, 땀에 젖고. 피냄새와 땀냄새를 동시에 풍기면서 화장도 잘 안 한 얼굴에, 입은 것은 갑옷. 손에 들고 있는 것은 검. 주변에는 몬스터 시체가 뒹구는 그 상황.

"무드 없잖아."

결론은 그렇게 끝났다. 그 말에 우현은 입술을 뻐끔거리면서 발레리아를 보았다.

"프로포즈를 그런 상황에서 하다니. 어떤 여자가 그 상황에 좋다고 받아 줄 것 같아?"

"그…렇지만… 마음이 중요한 것 아니야?"

"마음도 중요하지. 상황도 중요하고."

발레리아는 물러서지 않고 그렇게 쏘아붙였다. 그 말을 들으니 우현은 멍하니 그때의 상황을 다시 떠올릴 수 있었다.

선하가 지었던 표정.

난감함 속에 있었던, 묘한 부끄러움. 뒤늦게 상황을 파악한 우현은 수치심에 얼굴을 붉게 물들였다.

선하 생각은 조금도 하지 않고, 자기 좋을 대로 했다는 것을 깨달은 것이다.

"…이런 실수를 할 줄이야."

"그래도 인정해서 다행이네. 여기서 궁상떨지 말고, 슬슬 집으로 돌아가는 것이 어때? 네가 오지 않으니까, 그 여자도 분명 네 걱정을 엄청 하고 있을 거야."

오지랖 부리기는. 발레리아는 스스로에게 중얼거리면서 찻잔에 남은 찻물을 마저 마셨다. 그 말에 우현은 눈을 깜박거리면서 발레리아를 응시했다. 그 시선에 발레리아는 낮게 헛기침을 하며 시선을 피했다.

"…뭐. 할 말이라도 있어?"

"아니, 고맙다고."

우현은 그렇게 말하면서 씩 웃었다. 그는 의자를 뒤로 빼고서 몸을 일으켰다.

"네 말이 맞아. 내가 실수했던 것 같아. 설마 너한테 이런 조언을 듣게 될 줄은 몰랐지만…."

"나 역시. 너에게 이런 조언을 해 줄 것이라고는 생각도 못 했어."

"이 빚은 언젠가 갚을게."

"안 갚아도 돼. 내 멋대로 떠들었을 뿐이니까. 뭐해? 안 돌아가고."

발레리아는 그렇게 말하면서 손을 휘휘 흔들었다. 우현은 잠깐 동안 발레리아를 보다가 머리를 꾸벅 숙였다. 우현은 발레리아가 아니었지만, 지금 그녀가 어떤 심정을 하고 있을 지는 어렵잖게 추측할 수 있었다.

그럼에도 태연한 얼굴을 하고, 저렇게 조언해 주는 발레리아가 고마웠다.

"잘 가."

발레리아는 뚱한 얼굴로 등을 돌리는 우현에게 말했다. 우현은 손을 한 번 흔들어 주고서는 판데모니엄 밖으로 사라졌다. 거실에 홀로 남은 발레리아는 한숨을 쉬면서 머리를 떨어트렸다.

"…마음은 후련해졌는데."

발레리아는 그렇게 중얼거리다가, 테이블 한 쪽에 있는 우현의 찻잔을 손으로 집었다. 그녀는 머뭇거리다가 우현이 찻잔을 물었던 위치에 자신의 입술을 가져갔다.

"…망측스러워라."

그녀는 그렇게 중얼거리면서 찻잔을 내려놓았다.

갑자기 배가 고파졌다.

◎

기껏 씻은 몸이 땀으로 조금 젖어 있었지만, 우현은
더 이상 그것에 대해서는 신경쓰지 않았다.

오히려 땀을 흘린 것이 다행이라고 생각되었다.

아니면 마음을 정리해서 다행이던가.

우현은 자신의 양 손을 내려 보았다. 굳은살이 박힌
손. 대부분의 시간을 검을 쥐고, 검을 휘두르면서 보
냈던 손. 우현은 그 손을 쥐었다가 펴면서 피식 웃었
다.

몇 년도 되지 않았다.

그런데도, 아주 오래 전의 기억처럼 느껴졌다. 호정의
기억 때문일까. 아니면 최근 몇 년 동안 보낸 시간이 바
쁜 격정이었던 탓일까.

"…휴가라도 낼까."

우현은 그렇게 중얼거리면서 대문으로 다가갔다. 던
전 공략도 최근 빡세게 했으니, 아예 한 달 정도 잡고서
휴가를 내는 것도 나쁘지 않을 것 같았다.

한 달 동안… 선하랑 함께, 어디 다른 나라에 다녀온 다면. 적당한 휴양지를 골라서… 바다가 있는.

그곳에서 휴가를 즐기다가, 반지를 건네준다면 제법 그럴 듯 하지 않을까.

'아니, 그것으로는 부족해.'

프로포즈라는 것이 얼마나 중요하고 무게가 있는 것 인지 새삼 깨달았다.

그러니까, 조금 더 멋진 상황을 만들어야 한다. 우현 은 피식 웃으면서 대문의 열쇠를 꺼내다가, 그냥 초인종 을 손으로 눌렀다.

'시헌이한테 이벤트에 대해 물어봐야겠어.'

그쪽에는 영 조예가 없으니까. TV에 곧잘 나오는 이 벤트는 꽃과 촛불로 하트를 만들거나… 아니면 차 트렁 크에서 풍선이 나오는 식이었는데.

그것으로도 부족할 것 같았다. 기왕 할 것, 평생 잊을 수 없는 그런 이벤트를 해주고 싶었다.

[…누구세요?]

인터폰에서 목소리가 들렸다. 선하의 목소리였다. 늦 은 시간이었는데, 아직 잠들지 않은 듯 했다. 우현은 인 터폰에 대고서 낮게 헛기침을 했다.

"…나야."

[너? 도대체 어디에 있었던 거야?]

선하가 화들짝 놀란 목소리로 물었다. 그 말에 우현은 쓰게 웃으면서 뒷머리를 긁적거렸다.

"그냥, 조금… 생각할 것이 많아서."

[잠깐, 잠깐만 기다려. 내가 아래로 내려갈 테니까…!]

"아니, 내려 올 필요 없어. 어차피 내가 올라가야 하는데 뭘."

그 말에 선하는 짧게 한숨을 내쉬고선 뚝 인터폰을 끊었다. 그리고 철컹거리는 소리와 함께 대문이 열렸다.

우현은 열린 대문을 보면서 크게 숨을 삼켰다.

'일단 만나서 뭐라고 해야 한담.'

가출해서 죄송합니다.

걱정 끼쳐서 죄송합니다.

우현은 무거운 발을 뻗었다.

〈완결〉